Detlev Foth

Selbst mit Pinselblume

Erzählungen

Für Lucia und Marin,
Sieglinde Karthaus,
Kurt Link und Karl Rydzewski

© 2009 Detlev Foth
Buchgestaltung: Ioana Luca
© 2009
Herstellung und Verlag:
Books on Demand GmbH,
Norderstedt
ISBN: 978-3-8391-2035-4

Inhalt

Unsterblich

Mit fünfzehn wollten wir unsterblich sein, dabei waren wir es annähernd. Oder anders gesagt, die Zukunft schien grenzenlos, ein Jahr würde dem anderen folgen, ebenso wie heute zwar, aber damals zählte jedes Jahr wie zehn.

Vor dreißig Jahren besuchte ich meinen trinkenden Onkel. Jeder Abend verlief gleich, und voller Euphorie nahm ich an seinen absurden, endlosen Sitzungen teil. Gegen Ende des Abends, wenn die leeren Flaschen auf dem Tisch verteilt waren, wurde mein Onkel philosophisch, dann, etwas später, zitierte er das alte Testament und begann daraufhin Englisch zu sprechen. Jeden Morgen um sechs war er wieder klar, und statt zu frühstücken, nahm er in der Küche einen Schnaps im Stehen. Er kam abends nach Hause, und es ging von vorne los, er schien unermüdlich, er strotzte vor Kraft und Lebenslust, der Alkohol schien seinen Lebensmotor insgesamt zu ölen. Manchmal kam es mir vor, als müsse er etwas in sich löschen.

Tagsüber war es anders in der Wohnung. Lichtdurchflutete, hohe Räume, eine Wohnung in Hamburg, direkt an der Alster, der Fernseher lief für die Kinder, eine Stunde am Vormittag, es roch nach milden Zigaretten und schwarzem Kaffee. Meine Tante erzählte liebenswerte Geschichten, die nicht immer einen Sinn ergaben. Von mir aus hätte ich immer Gast sein können.

Was die Schallplatten meines Onkels anging, so war damit nicht viel los. Irgendwann hatte er sich einmal die Platte *Hair* zugelegt, und diese Platte war die einzig hörbare. Manchmal spielte ich sie ab. Aber im Grunde kam ich in dieser Wohnung gut ohne Musik aus.

Bücher gab es, das weiß ich.

Aber ich hatte meine eigenen dabei.

Meine Zeit verbrachte ich mit dem Entwurf eines Liebesbriefes, an dem ich schon mehrere Tage saß.

Auf dem Höhepunkt meiner Schreib- und Formulierungsanstrengung, verließ ich die abendliche Sitzung, auf der wie verrückt getrunken und geraucht wurde, einem seltsamen Impuls folgend, vorzeitig: ich wollte mich ausruhen.

Am nächsten Morgen wand ich mich unter Schmerzen.

Mittags wurden sie stärker.

Meine Tante und mein Onkel waren beunruhigt und drängten darauf, einen Arzt zu bestellen.

Ich lehnte ab.

Der Hund Marco, ein silbergrauer Collie, lag untröstlich neben meinem Bett, er verweigerte das Futter, und wenn es nicht mehr anders ging, trabte er notgedrungen in den kleinen Stadtgarten, um sein Geschäft zu machen, dann wachte er wieder neben mir.

Ich krallte mich in seinem Fell fest, wenn die Schmerzen so stark wurden, dass ich dachte, ohnmächtig zu werden.

Ohne erneut zu fragen, holten die beiden den Arzt.

Er tastete meinen Bauch ab und drückte auf gewisse Stellen, die einen Schmerz verursachten, dass mir der Schweiß ausbrach.

>>Hier müsste es eigentlich weh tun<<, sagte er ratlos.

>>Nein, ich spüre nichts<<, sagte ich zähneklappernd.

Er untersuchte mich weiter, seine Ratlosigkeit wurde größer.

>>Müsste eigentlich der Blinddarm sein, aber der Junge reagiert nicht darauf. Wenn es schlimmer wird, müssen wir im Krankenhaus weitersehen.<<

>>Wird schon, morgen geht's mir besser, ich habe alte Wurst gegessen.<<

>>Alte Wurst? Bei uns?<<, fragte mein Onkel.

>>Nein draußen, da habe ich mir eine Bockwurst ge-kauft.<<

>>Aber wo denn ?<<

>>Weiß nicht mehr.<<

Der Arzt ging, mein Onkel zog sich ins Wohnzimmer zurück. Ich hörte das Bier zischen, und die kleinen Kurzen auf dem Tisch klacken.

Nach sechs Tagen ununterbrochener Schmerzen, stand ich wieder auf, und Marco konnte wieder fressen. Ich hatte einige Kilo abgenommen, und ich war weiß wie eine Wand.

Ich erzählte meinem Onkel von dem Liebesbrief.

Für mich war es eine einfache Rechnung: Überstand ich die Schmerzen ohne Hilfestellung von außen, so würde ich erhört werden. Hätte ich mich wehleidig ins Kran-kenhaus begeben, so wären alle Chancen von vorn-herein verschenkt.

Mein Onkel schüttelte mit dem Kopf.

>>Fünfzehn Seiten? Ein Liebesbrief braucht nur ein paar Sätze, eigentlich nur einen.<<

>>Und der wäre?<<

>>*Liebst du mich*?<<

>>Nur den?<<

>>Im Grunde ja. Wenn du fünfzehn Seiten brauchst, kannst du es eigentlich vergessen.<<

Er hatte recht.

Die Frau, an die ich meinen Brief gerichtet hatte, war alles andere als an mir interessiert. Und hätte ich es nicht geschafft, so wäre sie bestimmt nicht mal zu mei-ner Beerdigung gekommen.

Und als sie mich dreißig Jahre später einmal besuchte, konnte ich mich nicht mehr erinnern, wie sie früher war. Nein falsch, sie war genauso wie früher, nur alt jetzt, und ich verstand, warum es sinnlos war, einer Frau wie ihr mehr als eine Postkarte zu schicken.

Mein Vater sagt mir manchmal: >>Deinen vernarbten Blinddarm möchte ich ja zu gerne mal sehen.<<
Er ist jetzt siebenundachtzig, und obwohl er an vielen Dingen das Interesse verloren hat, meinen Blinddarm würde er immer noch gerne sehen.
Ich selbst bin jetzt verschissene Fünfzig und lache über den albernen Monat, der die Neunundvierzig voll macht, aber mein Blinddarm interessiert mich immer noch nicht.

Marco starb ein paar Jahre später unter dem Esstisch, auf dem wie immer die Flaschen standen. Er starb, ohne, dass es jemand bemerkte. Immerhin war er nicht alleine, und als mein Onkel am nächsten Tag um sechs nach dem ersten Frühstücksschnaps wie immer voller Tatendrang war, hatte Marco längst aufgegeben, und mein Onkel hob traurig seine Pfote, die schon ganz starr war.
Vor einigen Jahren starb mein Onkel. Meine Tante hatte sich von ihm scheiden lassen, und er lebte alleine.
Und so starb er auch. Vermutlich an Herzversagen. Er lag unbekleidet im Flur seiner Wohnung. Die ganze Bude war voller Flaschen. Und so fand ihn seine Tochter, die als einzige einen Schlüssel hatte.
Der Hund Marco und mein Onkel, sie beide hatten das Zeug zur Unsterblichkeit, aber ich denke, sie haben es vorgezogen, darauf zu verzichten.
Ich lebe weiter, denn wer als Junge derartige Liebesbriefe entworfen hat, der sollte ruhig ein wenig länger bluten.
Schade ist, dass meine Frau nur die Frau, der meine Briefe galten, kennengelernt hat, nicht aber meinen Lieblingsonkel, den sie sicher gemocht hätte, und dass mein kleiner frecher Hund Pablo nicht diesen edlen, grauen, großen Collie kennenlernen kann. Aber ob mein Hund wirklich etwas von ihm hätte lernen können, das

bezweifele ich, denn mein Hund ist schon klug geboren. Das Futter hätte er aber vermutlich nicht stehen lassen, Krankheit hin und Liebeswahn her.

So gut wie nichts

Da, wo wir aufwuchsen, gab es so gut wie nichts. Die Zeit, in der wir groß wurden, war ungünstig für uns. Sie war vielleicht besser als heute, aber sie fand woanders statt. In unserem Kaff war nichts. Wir wuchsen im großen grauen, grünen, regnerischen Nichts auf. Autobahnbrücke, Sandkuhle und Abbruchhaus waren alles, wo man hin konnte. Als der Grundstein für unser Gymnasium gelegt wurde, kam uns das ganze Theater tödlich vor. Diese Schule würde nicht überdauern, und so war es dann auch. Sie steht zwar heute noch, es gibt auch Lehrer und Klassen da, aber sie hat nicht überdauert. Nicht überdauert in der Art wie man von Überdauern sprechen würde. Sie ist wie das ganze Kaff anders geworden. Es leben jetzt andere Menschen da, die sich an die vorherigen nicht mehr erinnern. Neue Menschen haben die Gegend besetzt und leben jetzt ein anderes Leben in ihr.

Es gab ein Kino, zwei Vorstellungen am Sonntag, eine um 15:00 Uhr, eine um 19:00 Uhr. Das Kino gibt es nicht mehr. Da ist jetzt ein Restaurant, das aber auch wieder geschlossen hat, links daneben das Einwohnermeldeamt, aber im Grunde ist alles neu und das alte alles weg. Der Bahnhof steht noch, aber die ganze Bahn von heute hat nichts mehr mit der Eisenbahn von damals zu tun.

Heute findet alles überall gleichzeitig statt, im Netz ist Platz für uns alle, selbst wir, wie wir damals waren, wären im Netz gelandet, und so wie es aussah, gar nicht mehr aus ihm herausgekommen. Das wäre aber nicht besonders schlimm gewesen. In der Zeit ohne Netz, ohne all die Informationen und Möglichkeiten sich mitzuteilen, war man wie ein Fisch auf dem Trockenen.

So kam es, dass ich nie jung war. Einfach deswegen schon, weil ich keine Vergleichsmöglichkeiten hatte. Mit fünfzehn ließ ich mir einen Vollbart wachsen, trug die Klamotten irgendwelcher Onkel auf, und ich war schlagartig alt. Da keine Information zu mir durchdrang, nahm ich das, was ich mir vorstellte, als Wirklichkeit.

Ich las Claire Goll, Galsworthy und Flaubert.

Ich denke, dass ich nur die Hälfte von dem, was ich las, verstand. Alles Unverstandene ersetzte ich durch Imagination. Das insgesamt nicht richtig Verstandene, gab ich in leuchtenden Farben von mir. Obwohl ich zu dem Zeitpunkt noch nicht malte und auch noch nicht wusste, dass ich mich erstmal durch alle Mischtöne würde malen müssen, um an die leuchtenden Töne zu kommen.

Die Windsbraut von Kokoschka war eines meiner Lieblingsbilder.

Es war gegen Ende des Jahres, und mein Freund Udo und ich gingen zur Sandkuhle. Die Bagger standen verrostet da, der Betrieb war pleite. Die Kuhle lag auf der Höhe eines Wiesenhügels, weiter links oben ein Stückchen geradeaus kam man auf die Autobahnbrücke. Damals gab es noch niemanden, der auf die Idee kam, Steine auf Autos zu werfen, so gelangweilt alle auch waren.

Wir sahen uns um, denn wir wollten Silvester hier zelten.

Unseren Eltern konnten wir das natürlich nicht erzählen.

Udo sprach zwei Mädchen in der Pause auf dem Hof des Gymnasiums an. Erst hielten sie es für einen Scherz, die Sache mit unserer kleinen Party im Freien.

Dann sagten beide zögerlich zu.

Ich hielt mich im Hintergrund, Udo hatte es besser drauf. Ich kam erst gut, wenn die Sache schon mal gesichert war.

Als der Tag kam, kauften wir bei *Aldi* eine Flasche billigen Whisky und eine Flasche Lambrusco, die fette Flasche im Korb. Ich nahm eine Wolldecke von zu Hause, Pfeifentabak, Kondome und meinen Fotoapparat. Udo besorgte das Zelt, das Dope, die Lampe. Die Mädchen würden nichts mitbringen.

Dann gab ich meinen Eltern eine Telefonnummer, die nicht stimmte. Ich gab vor auf eine Party zu gehen.

Die Sache mit dem Zelten konnte ich nicht erzählen.

Udo und ich hatten keine Einladung zu einer Party.

Das eine Mädchen ließ uns sitzen, aber Lena kam.

Ich war verliebt in sie.

Wäre sie eine andere gewesen, wäre ich vermutlich auch verliebt gewesen. Sie war hübsch, nicht schön, sie war hübsch, weil sie fünfzehn war.

Lena ist heute Deutschlehrerin, und sie ist das, was man langweilig nennen würde.

Damals schien sie mir viel versprechend, so wie mir Udo viel versprechend erschien und ich mir selbst sowieso.

Wir hockten in der bitterkalten Nacht in einem kleinen grünen Zelt auf dem gefrorenen Sandboden der Kuhle und hatten Kerzen angezündet. Gegen die Kälte tranken wir den Fusel. Als Lena mir erlaubte, unter ihren Pullover zu fassen, wurde Udos Gesicht ganz verschlossen.

Ich redete nur noch Unsinn, von Zukunft und dass ich Bilder malen würde.

Niemand hörte zu, jeder fuhr seinen eigenen Film.

Udo würde Dachdecker werden. Er würde ein Drogenproblem haben und ständige Depressionen.

Das war damals noch nicht klar.

Die Kondome brauchten wir nicht.

Ich erinnere mich an etwas, das man nicht als Sex bezeichnen würde.

Mir brannten die Backen vor Erregung und Kälte und vom Alkohol brannten sie auch.

Als das neue Jahr anbrach, soff unser Zelt im Morgenregen fast ab.

Jeder von uns ging gegen Morgen nach Hause.

Jeder hörte eine andere Musik, und jeder von uns dachte an die Zukunft.

Im Grunde kam sie nie.

Wir wurden nur älter, so alt wie damals aber würden wir nie wieder sein.

Das Netz hat fast alle von uns erfasst, Lena aber ist nirgends im Netz, und Udo ist es auch nicht. Sie leben aber noch, das zumindest weiß ich. Von anderen.

Hätte es das Netz damals gegeben, ich wäre nicht so schnell alt geworden, sondern hätte mit einer Cam in einem Chat die scheiß kalte Nacht mit anderen Lenas verbracht. Das hätte mir vielleicht gereicht. Vielleicht wären die Gespräche sogar besser gewesen. Die Bilder klarer. Es hätte keinen Krach mit den Eltern gegeben, ich hätte nicht die Wolldecke von meinem Taschengeld reinigen lassen müssen, und vielleicht hätte ich die Schule nicht geschmissen, weil mir klar geworden wäre, dass aus jeder Lena eine Deutschlehrerin, und aus jedem Udo ein Dachdecker werden konnte, und dass man nichts beweisen konnte, indem man Maler wurde in einer Zeit, die keine Maler mehr zu brauchen schien.

Heute sitze ich in angenehmen Hotels mit Klimaanlage, weil, vielleicht, nun da man etwas älter ist, einem jeder Sommer wie ein Winter vorkommt und jeder Winter wie ein Sommer, und die Windsbraut von Kokoschka kommt mir vor wie ein nie eingelöstes Versprechen, und man sieht Fünfzehnjährige, die ganz und gar anders sind als wir es waren, und man beginnt zu verstehen, dass das Einzige, was bleibt, die leuchtenden Farben von etwas sind, dass man nie erreichen wird. Oder schon erreicht hat, ohne es zu merken.

Ich zahle meine Espressos mit Kreditkarte und sehe kindhafte Jugendliche fröhlich herumlaufen, in der Tasche harmlose Botschaften simsend.

Ich bin in Almeria, eine schöne, große Anlage sorgt für mein Wohlbefinden, in einer Stunde wird das Restaurant öffnen, mein Kaff von früher ist auf einer anderen Umlaufbahn. Eine Zeitmaschine hat mich zu einem Ehemann mit weißen Haaren gemacht. Fast hätte ich vergessen, dass ein Atelier auf mich wartet und nicht ein Büro.

Eigentlich bin ich so obdachlos wie mit fünfzehn, geht mir durch den Kopf. Und eigentlich war ich es damals so wenig wie heute. Ich hatte ja nur gezeltet. Richtig wäre eher, dass ich damals wie heute kein wirkliches zu Hause hatte.

>>Wie warst du mit fünfzehn?<<, frage ich meine Frau, die, als wir gezeltet haben, noch nicht geboren war.

Sie erzählte mir von ihren Katzen und den Großeltern auf dem Land.

Ich hörte wehmütig zu.

Und dachte an die Sandkuhle, die ich seitdem nie wieder aufgesucht habe.

Ich habe Lena nie geliebt, denke ich, allenfalls war ich scharf auf sie, und Udo war nie wirklich mein Freund, obwohl ich ihn mochte, vor allem, wenn er Dinge für mich organisierte.

Und die beiden haben diese Nacht sicher längst vergessen. Schon deswegen kann man hier nicht von Freundschaft reden.

Ein, zwei Fotos habe ich aber noch von den beiden, ich sollte sie mal scannen und ins Netz stellen.

Es gibt es also doch

Namen sind nicht einmalig, es fällt schwer dies zuzugeben. Von meinem toten Freund, dessen ganze Familie nun ausgelöscht ist, gibt es Fremde, die seinen Namen tragen. Und googelt man ihn, so erscheint der, den ich meine, zumindest ganz vorne, und die Bildsuche zeigt ihn, wie er aus seinem Auto steigt und dann, wie er auf meiner ersten Ausstellung mit Sonnenbrille, die Füße auf einem Stuhl, die Flasche vor sich, in meine Kamera lächelt. Auf seiner Beerdigung war ich nicht, die halbe Stadt war da, ich nicht. Die halbe Stadt, die da war, hat ihn vergessen, soviel ist sicher.

Ich kann eigentlich seinen wahren, seinen realen Namen hier verwenden, da die Existenz meines Freundes aus jetziger Sicht geradezu irreal wirkt, das vollständige Verschwinden seiner Familie ebenso. Ich denke, es existiert nichts mehr, was er berührt hat, nichts, was er gemacht hat. Das Haus, in dem er gelebt hat, da leben heute andere Leute.

Ich habe letztens sein Grab besucht, es liegt am äußeren Rand des Friedhofs, zu den Feldern hin, die die Straße säumen, die er jeden Tag mit seinem Wagen rauf und runter gefahren ist.

So offen er um mich geworben hat, so unversöhnlich war er nach der Trennung von mir. Christoph und mich verband eins, es war das Talent, einen unsinnigen Konflikt in die Welt zu setzen, um daran unsere Freundschaft scheitern zu lassen, und noch etwas verband uns: die Unversöhnlichkeit. Ich verhielt mich ebenso: nach unserem Telefonat, in dem er seine Eifersucht nicht mehr verbarg und mich und vor allem meine Bekannten beschimpfte, und es einfach nicht fassen konnte, dass ich mein erstes Atelier mit Leuten bezog, die er nicht mal kannte, legte ich auf und meldete mich nicht mehr bei ihm. Als mir der Gedanke, mich ihm wieder anzunähern, kam, war es zu spät. Er war mit einem Gleitflieger abgestürzt, sein Bruder Dietmar ebenso. Beide waren sofort tot.

Am Anfang unserer Beziehung konnten wir uns nicht oft genug treffen. Wir sahen uns jeden Abend, wenn er aus dem Labor kam. Er war Zahntechniker, sein Vater Zahnarzt. Sein Vater war bekannt, nicht aber beliebt. Die Familie lebte isoliert. Von Christophs Bruder Dietmar kann ich gar nichts sagen, ich war einmal auf seiner Geburtstagsparty, erinnere mich aber nicht an die Gäste, nicht an ihn selbst. Christoph und ich hatten getrunken, und anschließend gab er uns eine Tablette, die den Rausch auf seltsame Art völlig verschwinden ließ. Zumindest hörte ich aus Christophs Erzählungen, was diese Party betraf, heraus, dass sein Bruder noch isolierter war als er selbst. Die Gäste wirkten wie überredet, das fiel mir auf. Und der Vater, obwohl nicht da, schien immer anwesend.

Nächtelang fuhren wir mit Christophs schwarzem Oldtimer durch die leeren Straßen unserer Gegend und unterhielten uns. Meistens lief Musik, ein paar Kassetten, keine Ahnung, was es war.
Nicht die Musik, die ich sonst hörte. *Tales of Mystery and Imaginantion* von Alan Parsons Project lief, dann *Pyramid* von denen, der Rest, der lief, den kannte ich nicht.
Bei Pyramid zog sich einem alles zusammen, wenn wir durch die Straßen fuhren, die Nacht schien ewig, die Zukunft beängstigend.
Christophs Angst spürte ich in jedem Gespräch, egal, über was wir sprachen: Er war voller Angst.
Sein Vater hatte ihm ein neues Motorrad angeboten, damit er sich von einem Freund, den ich sehr gut kannte,

da ich selbst mit ihm befreundet war, zu trennen. Sein Vater hatte recht, wenn auch die Methode, seinen Sohn zu schützen, fragwürdig war. Über diesen gemeinsamen Freund Hans hatte ich Christoph kennengelernt. Hans war ein Zyniker, und dies war er schon mit vierzehn, vermutlich, weil sein sadistischer Vater ihn regelmäßig windelweich prügelte. Hans war eher schlau als klug, und er gewöhnte sich an, ironisch mit anderen Menschen umzugehen, vielleicht lag das aber auch an seiner Körpergröße. Hans war ein kleiner Junge, später ein kleiner Mann, er war ein Kläffer und Wadenbeißer, er hat nie Karriere gemacht, obgleich ihm alle, wenn überhaupt einem von uns, dann ihm eine Karriere zugetraut hätten. Hans schrieb schon mit fünfzehn für eine Tageszeitung, zwar über Dackelzuchtvereine, aber immerhin. Später sah ich einen Fernsehbericht von ihm über das Spargelstechen am Niederrhein. Das war fünfundzwanzig Jahre später.

Von Hans sollte sich Christoph trennen, und er tat es. Das Motorrad war ein angenehmer Nebeneffekt. Die Beziehung zu Hans lag ohnehin in den letzten Zügen. Christoph war es müde, als der ewig Dumme behandelt zu werden. Hans hatte ein sadistisches Vergnügen daran, Christoph auszulachen.
Von mir wurde er nicht ausgelacht, aber er wurde von mir verraten. Zumindest empfand er dies so. Und ich tat nichts, um mich ihm zu erklären.

>>Was hältst du von Kate Bush?<<, fragte er zögerlich.
>>Find ich gut.<<
>>Ehrlich? <<
>>Ja, sie ist fantastisch!<<
Christoph war tief befriedigt. Mit Kate Bush hätte er Hans niemals kommen können.

Wenn wir Kate Bush hörten, sprachen wir immer wieder über das Sterben, den Tod, das, was kommen würde, und ob überhaupt was kam. Christoph war besessen von dem Todesthema. Es war das einzige Thema, dass ihn vollständig faszinierte.

>>Ich war mit Hans in Palermo, du weißt ja, wie ich den Paten-Film liebe, ich musste da hin.<<

>>Und wie war es mit Hans?<<

>>Viel Stress, viel Streit.<<

>>Du warst also tatsächlich da...<<

>>Ja. Aber es hat mich nicht weitergebracht.<<

>>Ja.<<

>>Ich dreh durch, weil ich nicht weiß, was nach dem Tod kommt.<<

>>Ich denke, da kommt was.<<

>>Und wenn nicht?<<

Christoph war nicht schwul, wie man vielleicht denken könnte, Hans war es manchmal, ich war es nicht. Christoph war schüchtern, fein und schwierig. Mit Frauen kam er noch weniger klar als mit Männern. Er hatte eine schwere Maschine und zwei Autos, er wusste schon, wie man mit Männern übers Schrauben reden konnte. Seine feminine Art war dann weg, seine langen Haare fielen dann nicht so ins Gewicht. Er rauchte Kette. Nach unserer Trennung hörte ich, dass er aufgehört hatte zu rauchen, sein Oldtimer verschwand, er fuhr eine kleine Kiste, und sogar die Haare hatte er sich abgeschnitten, er sah aus wie ein gerupftes Huhn. Ich nehme an, dass sein Vater ihn und Dietmar in den Bund freikirchlicher Pfingstgemeinden geschleust hat. Ich hörte, dass die Eltern nach dem Tod der Söhne im Jesus-Haus ein und ausgingen. Sie waren vorher schon immer da. Jetzt wurde es ein zweites zu Hause. Vielleicht war es das, was Christoph veränderte, vielleicht war es aber auch etwas anderes.

Glücklich habe ich Christoph nur einmal erlebt. Das war, als er Susi das erste Mal an der Bushaltestelle sah. Zehn Tage fuhr er an ihr vorbei, wenn das Mädchen zur Schule und er zur Arbeit mussten. Und diese zehn Sekundenmomente, in denen er sie da stehen sah, schilderte er mir ausführlich abends. Wir besprachen, wie und mit welchen Worten er sie ansprechen könnte.

Am elften Tag hielt er an und lud sie für samstags in eine Pizzeria ein. Sie sagte zu.

Christoph war völlig aus dem Häuschen.

Einmal fuhr ich frühmorgens mit, um sie an der Haltestelle zu sehen. Christoph wollte unbedingt, dass ich verstand, worum es ging. Sie war sehr schmal, sehr zierlich, sehr hübsch.

Problematisch war, dass das Mädchen erst vierzehn war. Nach zwei, drei Treffen rief ihn Susis Vater an und verbot ihm den Umgang mit seiner Tochter.

>>Das gibt's doch nicht. Komm, lass mich ihn anrufen<<, sagte ich. Christoph war verzweifelt.

Wir fuhren abends zu einer Telefonzelle, und da ich eine tiefe Stimme hatte, konnte ich leicht auf Vierzig machen. Ich stellte mich als Christophs väterlichen Freund vor.

Seltsamerweise veränderte sich alleine aufgrund dieser Vorstellung das Verhalten von Susis Vater, der zunächst kampfbereit in den Hörer gebellt hatte. Er wurde mild.

>>Ich habe selbst eine Tochter, ich weiß wie das ist, ich kann Sie nur zu gut verstehen<<, sagte ich.

Christoph lief rauchend vor der Zelle auf und ab.

>>Vielleicht können wir doch eine Lösung finden, die für alle von uns gut ist<<, sagte ich.

>>Susi ist noch minderjährig, und der junge Mann, das ist doch alles zu früh<<, jammerte der Vater.

>>Das sehe ich ähnlich, aber andererseits sollten wir dem Glück von zwei jungen Menschen auch nicht im Wege stehen.<<

>>Glück? Das sind nur verirrte Gefühle.<<

>>Mag sein, aber wie können wir nun vorgehen?<<

Es erstaunte mich, dass das Gespräch so lange in Gang gehalten werden konnte.

Als ich auflegte, hatte ich mit dem Vater eine Art Deal ausgehandelt.

Christoph durfte Susi ein Jahr lang nicht sehen, nicht mit ihr telefonieren, nichts. Nach diesem Jahr, sollte Susi nach wie vor an Christoph verliebt sein, würde der Vater die Beziehung akzeptieren.

>>Ein Jahr?<<, sagte Christoph.

>>Ja.<<

>>Das krieg ich hin.<<

>>Und was ist mit Kirsten?<<

>>Sie ist nur eine Freundin, nichts Ernstes, glaub mir, sie passt nicht zu mir, sie nervt, sie ist so männlich.<<

>>Ja? Ich dachte, sie sei deine Freundin.<<

>>Ja schon, aber wir passen nicht. Nimm du sie.<<

>>Wie bitte?<<

>>Ja, sie ist okay, wenn du möchtest, sag ich ihr, dass sie mit dir geht. Du hast doch keine Freundin zurzeit, oder?<<

>>Stimmt.<<

Ich war irritiert.

Eine Woche später besuchte Kirsten mich und schlief mit mir. Wir waren ein halbes Jahr zusammen. Dann merkte ich, dass sie nicht zu mir passte. Christoph hatte recht, sie war männlich, sie war nervend, und obwohl sie ein guter Mensch war, liebenswert und echt, es ging einfach nicht.

Nach Christoph und mir schlief Kirsten nur noch mit Frauen.

Christoph wartete ein ganzes Jahr, und dann waren Susi und er ein Paar.

Kurz vor seinem Tod betrog sie ihn mit einem Mechaniker, zu dem Christoph manchmal fuhr, wenn die Schrauberei selbst für ihn zu kompliziert wurde.

Dann war es aus zwischen Susi und ihm.

Zu dem Zeitpunkt war es schon lange aus zwischen mir und Christoph.

Mit Susi hatte ich eines gemein: Sie kam auch nicht zu seiner Beerdigung.

Kurz nach seinem Tod habe ich Christoph gemalt. Später habe ich das Bild verkauft, da ich immer Geld brauchte. Ich könnte ihn noch mal malen, aber ich möchte ihn nicht als Gemälde, ich möchte ihn wieder lebendig.

Ich habe ein paar Fotos von ihm gepostet. Dann hat meine Frau meine alten Super-8-Aufnahmen von ihm zu einem Video verarbeitet. Aufnahmen von einer Autofahrt, Kirsten sitzt, da war sie noch seine Freundin, vorne im Wagen.

Christoph und Dietmar sind meiner Frau im Traum erschienen, als Kinder im elterlichen Haus. Sie kannte sie ja gar nicht, und doch zwinkerten die beiden ihr zu. Sie schienen etwas mehr zu wissen.

Mir ist Christoph nie im Traum erschienen.

Ich postete dieses Video auf meinem Blog, als *tag* gab ich nur Christoph Gust an.

Weihnachten sitze ich in Rumänien bei meinen Schwiegereltern vor dem Computer. Draußen bellen die Hunde. Die verschneite Straße ist still, die Lichter der Stadt im Tal sind fern.

Gewohnheitsmäßig sehe ich nach, wer meinen Blog besucht hat, und welche Posts angesehen wurden.

Es ist Heilig Abend, meine Frau ist noch unten im Wohnzimmer mit den Eltern.

Ich trinke den selbst gemachten Wein meines Schwiegervaters, und ich rauche.

Heilig Abend ist nichts los auf den Seiten.

Für die Einsamen ist es zu spät, sie suchen wenigstens für diese Nacht nicht mehr. Und die anderen sind zu beschäftigt.

Ich drückte auf *Blog Stats*, ein einziger Besucher hatte meinen Blog angeklickt.

Unter *Search* sah ich: Christoph Gust, und unter *Title: Missing*.

Das Video. Ein Mal.

Sonst nichts und niemand.

Ich fuhr den Computer herunter und sah in die Schneeflockennacht.

Christoph war also doch nicht unversöhnlich, dachte ich.

Und dann fiel mir auf, dass er nun endlich eine Antwort hatte und mich trotz unseres Krachs schon mal schonend darauf vorbereiten wollte: Es gab es also doch, das Leben danach.

Und dann konnten wir etwas entspannter durch die Nacht fahren.

Ich öffnete die Balkontür und stand in der eisigen Kälte.

Zeit und Ort spielten also wirklich keine Rolle, dachte ich, all die Jahre, alles war nichts.

Die Kälte der Nacht wurde zu einem anbrechenden Sommertag.

Ich betrachtete die zwei patrouillierenden Hunde im Schnee, und ich hatte den Öl und Benzingeruch von Christophs Maschine in der Nase.

Es gibt es also doch, dachte ich, *das Leben danach*. Und für einen langen Blick in die nächtliche Stadt wich alle Angst von mir.

Die tätowierte Seele

Mutter wurde müde, alles ging den Bach runter. Alle sprachen von Krankheit, manchmal fast begeistert. Als ich zu Hause ankam, verspürte ich einen Druck auf der Brust und ein Ziehen, das meinen ganzen Brustkorb erfasste und wie ein Muskelkrampf war, der mir die Luft nahm und bis in den Kiefer zog. Soweit war es schon gekommen, dass mein Körper Späße machte, um mich in Fahrt zu bringen.

Meine immer vitale Mutter wurde immer müder, das fiel mir von Mal zu Mal auf, und so sehr sie mich auch auf Trab hielt, ihre neue Müdigkeit entsetzte mich. Bald gab es nichts mehr, alle würden gehen, das dachte ich.
Mein Vater fragte meine Frau nach Karl dem Zweiten und Michael dem Ersten.
Was gab ihm das?
>>Von den Hohenzollern!<<, sagte, nein rief meine Frau, denn mein Vater war annährend taub.
Und jetzt?, dachte ich.
Mein Vater nickte bedeutungsschwer.

Auf dem Weg zu den Eltern sah ich den Wagen einer Anstreicherfirma. *Alles neu, alles frisch* oder etwas in der Art stand als Werbeschrift auf der Karosserie. *Für die Qualität bürge ich mit meinem Namen,* stand da. Dann irgendein Name. Ich dachte: *Scheiß auf deinen Namen.* So etwas hatte ich früher nie gedacht. Ich wurde immer enttäuschter von allem. Dieser alberne Wagen des fleißigen Handwerkers, der mir wie ein Alptraum auf vier Rädern vorkam, er war die Karre eines Irren. Denn wer gab was auf seinen beschissenen Namen? Und wer gab was darauf, dass er eine dumme Wand einfarbig anstreichen konnte?

Die Krankheiten. Jetzt hatte es den Mann meiner Schwester erwischt, dann den Sohn meiner Tante. Es gab chronische Erkrankungen, die Dauerthema wurden. Eigentlich war die ganze Familie erkrankt. Und der Ort, in dem wir lebten, war ansteckend. Die Ärzte schienen falsche Vertraute zu werden. Und meiner müden Mutter hatten Handwerker auch noch ein neues Dach aufgeschwatzt. Vermutlich bürgten sie mit ihrem Namen für die Notwendigkeit einer Dacherneuerung.
Ich wurde unendlich müde von dem jahrelangen Gezerre, das nun nur in ein Meer von Erkrankungen und Krankheiten münden würde.
Meine siebenundneunzigjährige Großmutter hielt Michael Jackson für Obama und erzählte überall herum, dass Obama gestorben sei, und dass sie Farbige sowieso nicht leiden könne und nicht verstand, warum sie sich derart in allen Zeitungen breit machen konnten. Auch sie so krank, dass sie es locker bis hundert und mehr schaffen würde.

Ich wollte mich auf den kleinen Rasen meiner Eltern legen, die Augen schließen und die Uhr zwei, drei Jahrzehnte zurückdrehen.
Dann aber wäre ich nicht mit meiner Frau zusammen, also ging das nicht. Außerdem würde ich meinen kleinen, lebensfrohen und glücklichen Hund verlieren.
Ich musste also hier und jetzt weitermachen.
Es wurde seit Jahren soviel von Krankheiten gesprochen, dass ich mich mittlerweile selbst krank fühlte.
Gerade erzählte meine Tante von jemandem, der einen Tumor im Rücken hatte.
Mein Mut sank, vermutlich war ich selbst schon lange todkrank.

Ich betrachtete meine junge Frau und fragte mich, warum sie es eigentlich ertragen musste, mit so vielen alten Menschen zusammen zu sein. Und wie das wohl für sie war, zumal auch ich siebzehn Jahre älter als sie war.

Ich nickte ihr aufmunternd zu: >>Unkraut vergeht nicht, macht dir keine Sorgen, die Tumore haben die anderen.<<

Dann fiel ich wieder innerlich zusammen und fühlte mich alt.

Ich sah, dass sogar meine Frau gedanklich ihren Rücken abtastete.

>>Krebs erkennt man ja nicht, immer erst, wenn es zu spät ist<<, sagte mein Bruder.

Wir nickten alles bedächtig. Ein feierlicher Ernst, nicht unfrei von absurder Freude, überkam die kranke Familie angesichts des so heimtückischen und so verschlagenen Krebses.

Der Krebs, der zuschlug, wenn man es nicht erwartete und sich erst dann zu erkennen gab, wenn es zu spät war.

>>Aber die meisten Menschen sterben an Kreislaufgeschichten<<, beruhigte uns die Mutter.

Vater, der sich früh zurückgezogen hatte, gab im Schlafzimmer Lichtzeichen, Mutter sprang auf. Niemand nahm dies groß zur Kenntnis. Alle saßen stumm auf der Sommerterrasse, die eigentlich eine Herbstterrasse war, im Grunde bereits verschneit und zugefroren hätte sein müssen. Jeder fühlte Knoten hier und da.

Zurück im Atelier ging es langsam wieder, ich entstieg meinem alten, verkrebsten Körper, rauchte eine Zigarette, trank ein Glas Rotwein, dann zwei, dann drei und setzte mich an die Staffelei. Mein Körper war nun wieder alterslos, Terpentin jagte durch meine Blutbahnen, Fusel regte mein Herz an, ich spürte meinen Körper, der plötzlich eigenwillig und robust war und sagte mir, dass ich besser einen Bogen um Ärzte machen sollte. Erst, wenn ich auf wie ein Käfer auf dem Rücken in meinen Tuben liegen würde, dann könnte man es mal mit ihnen versuchen. Dann konnten sie immer noch mit der Trage kommen, es gab ja solche Fälle, Notarzt, Sanitäter, der ganze Zauber eben.

Soweit war es noch nicht.
Mir graute vor dem Älterwerden.
Oder sollte ich nun beginnen, von Arzt zu Arzt zu-laufen? Da würde sich sicher einiges finden lassen. Ich hatte ein paar Fragen, aber sie waren mir nie ernst genug. Das war das Problem. Auf dem Weg zu einer Praxis konnte ich schon wieder jedes Interesse an allem verlieren. Zum Zahnarzt, okay, darüber brauchte man nicht reden. Aber seit der Musterung hatte ich keinen Arzt mehr gesehen, und das war zweiunddreißig Jahre her. Was sollte ich nur tun? Meine Familie wurde müde, da war nicht mehr viel zu holen, ihre Ratschläge taugten nicht mehr viel.

Ich ertappte mich dabei, wie ich mir sagte: *Morgen kommt ein Neunzehnjähriger, am Sonntag kommt eine Zweiundzwanzig- jährige, oder war sie dreißig, und mein Nachbar, der Fotograf war erst vierzig und seine Frau...*
Und immer war ich bei all den Aufzählungen der Älteste. Nur in meiner alten Familie war ich unter den Jüngeren.
>>Das ist wegen der Fünfzig, kenn ich auch von anderen Männern, die werden ruhelos, wollen sich noch mal was beweisen, sind in der Krise...<<, sagte mir meine Schwester heute.
Morgen kam mein junger Schüler, der jetzt im Herbst sein Kunststudium beginnen würde. Ich würde ihm eine halbe Stunde geben. Ich konnte die ganzen Jungen nicht

mehr aushalten. Sie gaben einem nichts, saugten einen aus und liefen weiter.

Und am Sonntag würden meine Nachbar und ich zusammen arbeiten. Seine Frau, die ebenfalls Fotografin ist, und meine Frau, die Malerin ist so wie ich Maler bin, würden uns inspirieren, indem sie wohlwollend unserem harmlosen Irrsinn beiwohnten. Ein tätowiertes Modell, hochgewachsen, schlank, rotblond und am ganzen Körper rasiert, würde unseren Anweisungen folgen. Und ich würde für ein, zwei Stunden vergessen, dass meine gesamte Familie krank war und sich nie wieder erholen würde.

Ich hatte vor, dem Modell für jedes erkrankte Familienmitglied ein schönes, sattes, kobaltblaues Kreuz auf die Haut zu malen. Mehr konnte ich für meine Familie im Moment nicht tun.

Dann sollte das Modell durch die kargen Betonflure unseres Atelierhauses gehen, die Treppen hinab und auf dem tristen Hof stehen bleiben, vollkommen nackt, vollkommen jung und völlig aus einer anderen Zeit kommend und in eine vollkommen andere Zeit gehend.

Was machten Modelle eigentlich, wenn sie älter wurden?, fragte ich mich.

Und was tat dieses Modell, dessen Körper über und über tätowiert war?

Wie würde es einem Arzt gegenüber treten?

Würde es einen Bogen um Ärzte machen so wie ich, dessen Seele tätowiert war?

Was machte ich mir Gedanken! Meine Frau war jung wie ein Mädchen, sie sah aus wie ein Mädchen von neunzehn. Mein Nachbar war der fröhliche Vierzigjährige, der trotz Stress und Geldproblemen wie ein Dreißigjähriger aussah, seine Frau wirkte jung wie eine Studentin. Gut, ich sah schon zehn Jahre älter aus als ich war, aber man konnte nicht alles haben.

Mir tat alles weh. Und es würde immer schlimmer werden.

Dann wieder dachte ich, dass alles, was ich verspürte, wenig mit wirklichen Schmerzen zu tun hatte. Eigentlich war nur meine Seele wund, und meine Nerven lagen blank.

Wenn das Modell kommen würde, dann wollte ich hundert brandneue Pinsel der verschiedensten Größen über sie ergießen, eine Pinselbelegung, wie ich sie schon einmal vorgenommen habe, und dann würde ich mir sagen: Alles ist wie immer. Das Junge würde über meine frischen Pinsel in mich dringen, und dann wäre ich plötzlich so jung wie meine Frau, und als Gleichaltrige würden wir meine Eltern besuchen, die beide gerade mal Anfang Fünfzig waren.

Solche Dinge konnten fremde Modelle, die man nie wieder sah, bewirken.

Der Tag war gut, der Tag war schlecht, der Tag war schwierig, die Nacht wurde langsam besser.

Morgen würden es stickige dreißig Grad werden, mit dem Herz eines Zwanzigjährigen werde ich im Atelier auf und abgehen wie auf einem Exerzierplatz. Keine Schwächen, solange das Öl pochte und sein wunderbares Aroma verströmte. Der Ventilator würde brummen, die Vögel vor unserem Atelierfenster zwitschern, der Hund mit seinem Ball gegen die Keilrahmen kicken, und wozu waren all die Jahre des Kampfes gut, wenn man plötzlich einknickte, nur weil irgendwas in seinem Körper Alleingänge versuchte.

Es interessierte mich tatsächlich, wie gesund ich wohl wirklich war. Oder ob ich nicht im Grunde krank war. Und ob ich dies womöglich schon lange war.

Aber es interessierte mich nicht genug, um es herausfinden zu lassen.

Das was ich wusste, war, was ich immer schon gewusst habe: Gott hatte ein gewisses Einsehen mit Menschen wie mir. Und manche Krankheiten ließ er deshalb einfach ausfallen.

Eine fremde Frau

>>Ich bin schwanger. Aber wir müssen reden<<, sagte Edith.

Ich schluckte vor Freude, und mit klopfendem Herzen ging ich in meinem Hotelzimmer auf und ab.

>>Aber das ist ja einfach wunderbar<<, sagte ich.

>>Wir müssen dann reden.<<

>>Was sagst du denn die ganze Zeit? Natürlich werden wir reden.<<

>>Ich muss jetzt aufhören, bis übermorgen.<<

Etwas ratlos legte ich auf. Vielleicht war sie wegen dieser Neuigkeit ein wenig neben der Spur. So etwas gab es ja.

Vor Freude und Glück ging ich noch mal für zwei Stunden ins Fitness-Studio, das sich im Hotel befand. Nachdem ich nachts noch ein paar Bahnen im Pool gezogen hatte, trank ich an der Bar ein paar Gin Tonic.

Ich war in Osaka wegen eines der häufigen Meetings unserer Firma. Mein Job war okay und soweit sicher, gut bezahlt und trotz des Auftragrückgangs von sechzig Prozent in letzter Zeit, führte die Wirtschaftskrise in unserer Firma noch nicht zu Entlassungen.

Ich musste viel reisen, nach Seattle, Washington, nach Osaka so wie jetzt und innerhalb Deutschlands sowieso.

Das lang ersehnte Kind kam zur rechten Zeit, denn die Beziehung mit Edith war etwas stiller geworden. Etwas stimmte einfach nicht mehr so recht, und ich war überzeugt, dass ein Kind fehlte, dass wir eine Familie gründen, und dass wir endlich heiraten sollten.

Vor einem Jahr hatte ich Edith ihren Lieblingswagen geschenkt, eine *Corvette C 5*, ich hatte der Firma meinen Jahresurlaub verkauft und etliche Überstunden gemacht.

Und trotzdem war der Wagen noch nicht vollständig bezahlt.

Edith war die einzige Frau in meinem Leben, ich liebte sie aufrichtig und schon sehr lange. Seit zehn Jahren lebten wir zusammen. Andere Frauen interessierten mich nicht. Vielleicht wirkte ich deshalb auf manche meiner Kollegen etwas langweilig.

Wenn ich unterwegs war gab es Gelegenheiten genug, aber ich nutzte sie noch nicht mal in Gedanken. Manche Geschäftspartner feierten Geschäftsabschlüsse in Klubs und mit bezahlten Frauen. Ich fand immer neue Ausreden.

Und jetzt war Edith schwanger, ich konnte meine Freude kaum in Worte fassen.

Als ich zwei Tage später unsere Wohnung betrat, fand ich einen Zettel vor:

Ich kann noch nicht reden. Bin für eine Woche in Prag, musste mal raus hier. Tut mir leid. Ruf mich nicht an. Edith

Ich stolperte über meinen Koffer und fiel aufs Sofa.

In diesem Moment fing ich wieder an zu rauchen.

Ich konnte nicht sagen, dass mir etwas durch den Kopf ging. Ich dachte gar nichts, ich war völlig betäubt.

Das änderte sich die nächsten Tage nicht.

Gegen Ende der Woche wählte ich ihre Handynummer.

Die Mailbox sprang an. Ich legte auf.

Dienstagabend schloss ich die Wohnungstür auf und hörte Stimmen.

Edith kam mir entgegen:

>>Ich wusste nicht, wie ich es Dir sagen sollte. Zwischen uns, das war schon länger nicht mehr wie früher, und ich wollte dir den Ulf vorstellen. Nicht so, aber jetzt ist er gerade zufällig vorbeigekommen, und...<<

>>Das ist doch nicht dein Ernst, oder?<<

Edith stand mädchenhaft vor mir, ihr Gesicht war undurchdringlich. Sie lächelte mich absurderweise an, und ich musste auf ihren Bauch starren. Noch war er flach wie immer, vielleicht war alles nur ein Irrtum.

>>Es ist nicht von dir<<, sagte sie, als sei die Sache mit dieser Erklärung gleichzeitig auch in Ordnung.

Mir fehlten die Worte.

Der neue Freund war ein kleiner, schmieriger, leicht verfetteter Mann.

>>Dr. Hammami, angenehm, aber Sie können mich ruhig Ulf nennen<<, strahlte er mich an, fast anzüglich, wie mir schien. In jedem Fall war er von einer umwerfenden Frechheit.

>>Ulf ist Dozent in Frankfurt. BWL. Er kommt ursprünglich aus Tunesien. Seine Mutter ist Deutsche, deswegen Ulf, ist doch komisch, oder?<<, plapperte Edith naiv.

Mir rauschte es in den Ohren.

Ich setzte mich und rauchte.

>>Rauchst du wieder?<<, fragte Edith.

>>Ja.<<

>>Wir hatten ein kleines Malheur in Prag. Man hat die Scheibe der Corvette eingeschlagen, vermutlich mit einem Pflasterstein, und mein Laptop sowie meine Kamera sind gestohlen worden. Top Teile, waren nicht gerade billig.<<

Edith kicherte.

Ich sah von einem zum anderen. Nun begriff ich, was meine Versicherung mir am Telefon erzählt hatte. Unsere beiden Wagen liefen auf meinen Namen.

>>Na, ich kann ja offen sein, die Versicherungen haben's ja sowieso dicke, die verdienen sich dumm und dämlich, da...<<

>>Ulf ist momentan etwas klamm, da hat er diese Sache fingiert, ich war damit einverstanden, weil...<<

Edith, die nicht mal einen Kaugummi an der Tankstelle gestohlen hätte, war damit einverstanden? Und ebenso damit einverstanden, dass dieser Mensch die Scheibe ihrer heiß geliebten Corvette einschlug, um einen Versicherungsbetrug zu begehen?

Hammami erzählte weiter, schmückte sein Husarenstück genüsslich aus, erging sich ganz nebenbei noch in Beschreibungen seines äußerst schwierigen Lebenswegs: >>Mein Großvater väterlicherseits war sozusagen noch Kameltreiber, müssen Sie wissen, ich wurde immer benachteiligt, schon wegen meines Äußeren. *Araber* sagten sie immer zu mir, schön war das bestimmt nicht, wie Sie sich denken können. Und in Tunesien war ich der Deutsche. Zurück zur Versicherung...<<
Diesen Mann liebte Edith?
Er hatte sie sofort geschwängert, während wir es schon seit drei Jahren vergeblich versucht hatten.
Er redete und redete. Nun war er dabei zu erläutern, warum Versicherungsbetrug im Grunde ein überbewertetes Delikt sei.
>>Sie sind nichts als ein armseliger Kleinkrimineller<<, unterbrach ich ihn.
>>Wie bitte?<<
Edith stockte der Atem, bisher hatte sie an den unpassendsten Stellen schrill gelacht und Hammami Blicke zugeworfen, die mir ganz neu waren.
Ich stand auf und ging auf den im Sessel hockenden Hammami zu.
>>Was wird das denn jetzt?<<, sagte er mit unverschämtem Grinsen.
>>Vollkommen armselig<<, sagte ich.
>>He, he, Sportsfreund, Gewalt ist auch keine Lösung<<, krächzte er, als ich ihn aus dem Sessel zog.
>>Das soll sie auch nicht sein<< ich schlug ihm zwei Mal hart auf die Leber. Hammami sackte sofort zusam-

men. Ich fasste in sein krauses, schwarzes, glänzendes Haar, zog seinen Kopf in die Höhe und gab ihm ein paar Fausthiebe auf Nase und Augen. Sein Gesicht blutete. Dann ließ ich ihn los. Ohne jeden Widerstand fiel er zu Boden. Zusammengekrümmt auf dem Teppich liegend, heulte er hemmungslos.

>>Das gibt eine Anzeige, mein Freund<<, blubberte er.

>>Das würde ich mir zwei Mal überlegen <<, sagte ich.

>>Wie kannst du es wagen?!<<, schrie Edith, >> und das, obwohl du genau weißt, dass ich schwanger bin! Du scheiß Schläger, das ist ja das Letzte! <<

Ich fragte mich, was das eine mit dem anderen zu tun hatte.

>>Edithmaus, hast du gesehen, was der mit mir gemacht hat? Du hast mir nie erzählt, dass Dein Ex ein Psychopath ist<<, jammerte Hammami, und dicke Tränen kullerten über seine olivefarbenen Wangen.

>>Ich will dass du hier ausziehst, es war ja sowieso mehr meine Wohnung. Du warst ja immer weg<<, sagte Edith mit gepressten Lippen und Hass in den Augen.

>>Edith...<<, ich legte meine Hand auf ihre Schulter.

>>Fass mich nicht an!<< schrie sie.

Ich ging auf den Balkon und sah die vertrauten erleuchteten Zimmer der Fenster, die zum Innenhof gingen. Ich rauchte eine Zigarette. Drinnen hörte ich die beiden aufgeregt reden.

Ich löste den Wohnungsschlüssel von meinem Schlüsselring, ging zurück ins Wohnzimmer und legte ihn auf den Tisch.

>>In den nächsten Tagen schicke ich eine Spedition, die wird ein paar meiner Sachen abholen.<<

Edith nickte eifrig.

>>Wo wirst du denn wohnen?<<, fragte sie tatsächlich. Ich schwieg. Dann ging ich in den Flur.

>>Aber wir können doch Freunde bleiben. Weißt du, Ulf ist ganz anders, als du denkst, er, vielleicht könnt ihr sogar Freunde werden...<<

Ich sah Edith fassungslos an.

>>Wie konntest du dich nur in so einen Mann verlieben?<<

>>Wieso bist du denn jetzt so überheblich?<<

Es hatte keinen Sinn. Edith war plötzlich eine fremde Frau.

Ich zog die Tür hinter mir ins Schloss.

Mein zu Hause war Vergangenheit. Es war, als hätte ich nie eins gehabt. Ich hatte zehn Jahre mit einer Frau gelebt, die ich nicht kannte, ich sah, wie sie begeistert den vollständig grotesken Reden Hammamis folgte und mit welcher Hingabe sie ihn anschaute. Und mich sah sie an wie man ein Haustier ansieht, das die bevorstehende Ferienreise behindern wird.

Dann stieg ich die Stufen der drei Etagen herab und verließ das Haus, das ich nie wieder betreten würde.

Der Patenonkel

Nokia hatte dicht gemacht. Ich arbeitete dort als Vertriebsleiter. Sechs Jahre lang, dann kam über Nacht die schlechte Nachricht. Schließung des Werks. Wir hatten monatelang Überstunden gemacht, weil der Laden so brummte. Und auf dem Höhepunkt des frohen Schaffens und dem Bewusstsein, für eine expandierende Firma zu arbeiten, wurde uns die Schließung verkündet. Nun war die Rede von Billiglohnländern, dann sprach alles von einem neuen Werk in Rumänien. Erst kamen die Demonstrationen, die Fernsehsender, und wir waren in allen Nachrichten. Als wir aus den Nachrichten verschwanden, und die Politiker sich anderen Themen zuwandten, und alles den Lauf, den die Direktion vorgesehen hatte, nahm, da wurde aus meiner Kampfeuphorie eine Depression. Nun war ich schon vier Monate arbeitslos, und vor zwei Monaten hatte meine Frau mich verlassen, da ich nicht mehr der war, den sie zu kennen glaubte.

>>Du bist nicht mehr der Mann, in den ich mich mal verliebt habe<<, sagte sie.

>>Ich bin krank<<, sagte ich.

Mein Arzt zumindest sagte dies, und so, wie ich mich fühlte, schien er recht zu haben.

>>Du bist in erster Linie arbeitslos, das ist das Problem. So wie jetzt, so habe ich mir mein Leben nicht vorgestellt<<, sagte Stefanie, und ich ertrug es kaum, sie anzusehen.

>>Ich auch nicht.<<

>>Dann sind wir ja einer Meinung<<, sagte sie kalt.

>>Das konnte keiner voraussehen...<<

>>Du kannst dich mal wieder bei mir melden, wenn du dich gefangen hast. Aber diese Leidensmine halt ich

einfach nicht aus. Ich ziehe erstmal in die Wohnung, die meine Eltern noch haben. Da ist gerade die alte Frau raus und ins Altenheim.<<

Und dann schloss sie die Tür. Ich schob die Gardine leicht zur Seite und schaute hinunter auf die Straße und sah, wie Stefanie einen Koffer in ihren Kombi schob. Dann fuhr sie davon. Mein Blick fiel wie immer auf das Reisebüro gegenüber. Ich würde so schnell nirgendwohin fahren, dachte ich.

Von meinen Kollegen aus der Firma hörte ich nichts mehr. Als der Ärger und die Verzweiflung frisch waren, ging jeden Tag das Telefon, nun war es still. Mir kam es vor, als ob die Direktion und auch die Politiker diese Abläufe genau kannten. Die Solidarität am Anfang, die Empörung, die Aufregung, und dass sie genau zu wissen schienen, dass sich all das verlieren würde durch reines Abwarten und Aussitzen.

Keiner rief mehr an, und ich rief auch niemanden mehr an. Es gab einfach nichts mehr zu sagen.

Ich war gerade vierzig geworden, meine Frau war fünf Jahre jünger. Kinder hatten wir nicht. Zum Glück, wie ich jetzt sagen musste.

>>Hier werde ich nicht versauern, das sag ich dir, ich nehm mein Leben jetzt selbst in die Hand, denn im Gegensatz zu dir möchte ich noch was erleben<<, hatte sie mir gesagt.

Darauf konnte ich nichts erwidern.

Ich wollte auch noch was erleben, das Problem war nur, dass man mit Arbeit nichts erleben konnte, ohne aber erst recht nichts.

Ich sah mich bei Hartz IV ankommen.

>>Das kriegen wir in den Griff<<, sagte mein Arzt lahm über meine Depression.

Er verschrieb mir Medikamente, von denen ich Schweißausbrüche und Herzrasen bekam.

>>Das wird wieder, Depression ist eine Volkskrankheit, Sie sind nicht allein mit dieser Sache<<, sagte er und drängte mich sachte zur Tür hinaus.

Die Schwestern riefen mir ein schrilles: >>Schönen Tag noch!<< hinterher, und es war mir, als träten sie in meinen Rücken.

Ich saß tatenlos in meiner Wohnung und aß jeden Tag eine Suppe, mal Tomate, mal Thai.

Ich sparte, wo es ging.

Den Fernseher machte ich erst um acht Uhr abends an, da ich Schiss hatte, mich in dem Kasten zu verlieren.

Ich wusste, wenn die Glotze erst schon am Morgen lief, dann hätte ich verloren.

Ich fing an zu lesen. Das hatte ich jahrelang nicht mehr gemacht.

Ich las die Bücher von Siegfried Lenz, so wie ich es als Schüler getan hatte.

Das Norddeutsche darin gab mir Frieden für ein paar Stunden. *Sehnsucht nach einem Leben in Norddeutschland*, dachte ich, diese Sehnsucht hatte ich nun. Ich hasste diesen ganzen Plastikscheiß, diesen ganzen Handydreck. Ich hatte so viele Jahre verschenkt. *Deutschstunde*, dachte ich. Das letzte Mal hatte ich den Roman mit fünfzehn gelesen. Und jetzt mit vierzig war es, als habe ich den letzten Satz des Buches eben erst gelesen und das Buch gerade zugeklappt und ins Regal gestellt.

Einen weiteren Monat verbrachte ich lesend, ich las alles, was im Regal stand, noch mal. Zwischendurch besuchte ich den Arzt.

Meine Depression wurde ein Zustand, an den ich mich zu gewöhnen schien.

Stefanie fehlte mir nicht mehr. Immer wenn ich an sie dachte, ließ die Kälte ihrer Stimme mich zusammen fahren, und ich fühlte ihre abschätzigen Blicke, und dann hörte ich auf an sie zu denken, und sie verschwand immer mehr, bis es so war, als habe es sie nie gegeben.

Ebenso wie es rasch so kam, dass es mir schien, nie bei Nokia gearbeitet zu haben.

Stefanie vergessen, Nokia vergessen, so sagte ich mir mehrmals am Tag.

Mich vergessen, sagte ich mir, wenn es mir besonders schlecht ging.

Nach zwei Monaten fischte ich einen Brief aus dem Werbemüll meines Briefkastens.

Da ich nie Post bekam, von Rechnungen und Mahnungen einmal abgesehen, war ich in heller Panik.

Ich drehte und wendete den Umschlag ohne etwas zu erkennen.

In der Wohnung setzte ich mich an den Küchentisch und fand meine Brille nicht. Ich suchte die ganze Wohnung ab, aber sie lag einfach neben *Heimatmuseum.*

Mit der Brille auf der Nase untersuchte ich den Brief.

Absender: Dr. Max Trevor.

Mein Patenonkel, wir hatten seit dreißig Jahren keinen Kontakt mehr.

Mein lieber Georg,

ich weiß nicht, ob du Dich noch an mich erinnerst. Wir haben uns aus den Augen verloren, wie es manchmal so geht. Ich war mit deinem Vater, Gott hab' ihn selig, sehr befreundet, eigentlich war er mein bester Freund. Auch Deine Mutter mochte ich, eine feine Frau, eine besondere Person. Ich habe gehört, dass sie kurz nach dem Tod Deines Vaters ebenfalls starb. Nun, ich hätte mich mehr um Dich kümmern müssen, aber ich war zu beschäftigt mit anderen Dingen. Kurz bevor Dein Vater starb, erzählte er mir von Dir, dass Du beruflich erfolgreich und mit einer bezaubernden Frau verheiratet seiest. Das freute mich ungemein. Leider werde ich Deine Frau nie kennen lernen.

Ich bin nun in einem Hospiz. Ich habe Leukämie im Endstadium. In diesem Zustand möchte ich niemanden mehr behelligen, aber schreiben und mich von Dir verabschieden, das möchte ich doch. Ich erinnere mich, wie viel Freude Du mir als Kind gemacht hast, wie viel Spaß wir hatten, Deine Eltern, Du und ich. Wie Du sicher weißt, bin ich immer Junggeselle gewesen und bin es geblieben bis zum heutigen Tag. Als Anwalt habe ich immer viel gearbeitet und hatte ein gutes Auskommen. Vielleicht hätte ich eine Familie gründen sollen, gut, ich tat es nicht, warum es so kam sei dahingestellt.

Ich möchte mich von Dir verabschieden und Dich um Verzeihung bitten, dass ich mich all die Jahre nicht um Dich gekümmert habe. Meine Kollegin, Notarin Dr. Irmgard Schott, habe ich beauftragt, Dir eine Summe von siebenhunderttausend Euro zu überweisen. Vierhunderttausend gehen an das hiesige Tierheim, das in einem desolaten Zustand ist. Damit ist mein Vermögen verteilt und aufgebraucht. Du und das Tierheim, wenn ich so sagen darf.

Ich erwarte keinen Besuch von Dir, im Gegenteil, ich bitte Dich, mich auf keinen Fall zu besuchen, denn meinen Zustand möchte ich niemandem zumuten. Und ich erwarte auch keinen Dank. Ich wünsche Dir ein erfülltes Leben,
Dein Onkel Max

Ich schluckte mehrmals, dann dachte ich brechen zu müssen. Als mir der Schweiß ausbrach, brannten mir die Augen, bis ich endlich begriff, dass ich die ganze Zeit weinte.

Ich saß im Wohnzimmer und sah das Reisebüro gegenüber, die Lichter leuchteten, die Angebote groß in den Fenstern. Fröhliche Kunden gingen ein und aus. Alle schienen mit Tickets zu wedeln. Glückliche Menschen, die Arbeit und deswegen auch Urlaub hatten.

Mein Patenonkel, dachte ich, *er hatte mich gerettet.*

Onkel Max, dachte ich, *wie oft war sein Name von den Eltern genannt worden. Onkel Max hat zu tun*, hieß es immer. *Konnte nicht kommen, hat Deinen Geburtstag sicher nicht absichtlich vergessen*, hieß es. Onkel Max, Vaters bester Freund. Onkel Max, der nie da war.

Onkel Max war auf einmal da.

Ich sollte verreisen, dachte ich, *erstmal verreisen und dann umziehen, nach Hamburg vielleicht. Weg aus Bochum. Neu anfangen. Alles hinter mir lassen.*

Abends rief ich Stefanie an.

>>Sollen wir nicht einfach verreisen?<<, sagte ich und war mir bewusst, dass dieses Telefonat alles entscheiden würde.

>>Du bist ja witzig, was anderes fällt dir nicht ein?<<

>>Nein, was anderes fällt mir nicht ein.<<

>>Du willst deine paar gesparten Kröten für einen Urlaub ausgeben? Also wirklich, Georg, dir ist nicht mehr zu helfen. Such dir lieber eine Arbeit, meine Güte.<<

>>Leb wohl<<, sagte ich und legte auf, bevor sie etwas sagen konnte.

Das Telefon klingelte.

Ich nahm ab.

>>Was sollte das denn gerade? Dieses theatralische *Leb wohl!* Du wirst ja wohl keine Dummheiten machen, oder? Ich meine, so depressiv wie du bist...<<

>>Nein, ich, also, mein Patenonkel hat sich bei mir gemeldet.<<

>>Wie schön für dich.<<

>>Ja.<<

>>Also, lass uns ein anderes Mal telefonieren, ich bin müde.<<

>>Ja.<<

Ich legte auf, und ich wusste, dass es aus war.

Gegenüber leuchtete das Reisebüro in der Nacht.

Ich erinnerte mich, wie Onkel Max mich als Kind immer auf seine Schultern gesetzt hat, und welche Freude in der ganzen Familie war, wenn er zu Besuch kam. Wie ausgelassen wir waren, wie anders alles plötzlich war. Und dass ich dachte, dass alle Menschen so seien wie Onkel Max. Und dass es immer so weitergehen würde.

Morgen würde ich eine Reise buchen, vielleicht auch nur ein Bahnticket nach Hamburg kaufen. Ich wusste es noch nicht.

Nicht scharf genug

Mit fünfzehn hatte ich die Angewohnheit, Tagebuch zu schreiben. Mit fünfzehn glaubte ich die Angewohnheit, Tagebuch zu schreiben, haben zu müssen.

Drei aus unserer Klasse waren nach Reading in England geflogen. Es war kein Schüleraustausch, es war, ja, was war es eigentlich? Es war verbunden mit Sprachunterricht, das weiß ich noch, aber nicht, wie sich die ganze Sache nannte. Vermutlich ist das auch vollkommen egal, da für alles ständig neuen Bezeichnungen gefunden werden, die doch immer dasselbe meinen. Ich schrieb also in mein Tagebuch, dass wir nun in Reading seien, dass ich etwas neben mir stand, und dass mir mein Kellerzimmer fehlte. Genau genommen weiß ich nicht mehr, was ich schrieb. Ich erinnere mich, dass ich tatsächlich Mühe hatte, den Aufenthalt zu schildern. Ich kann mich auch nicht erinnern, was der Antrieb für dieses Schreiben war, und warum ich es überhaupt angefangen hatte. Vermutlich aus nie endendem Liebeskummer. Der Liebeskummer blieb immer, selbst wenn ich glücklich war, und er blieb, auch wenn die Mädchen meines Begehrens ständig wechselten. Ich schrieb Tagebuch aus Selbstverliebtheit und Eitelkeit.

Ich war abwechselnd Hermann Hesse und Ernest Hemingway. Dann war ich wieder einer der Beatles, jeden Tag ein anderer der vier. Ich kann jedoch nicht sagen, dass ich für einen Moment wirklich vergaß, wer ich war. Vor allem war ich jung, und daher konnte ich es mir erlauben, verschiedene Entwürfe zu leben. Und ich durfte auch improvisieren, was das Nachspüren und das Kopieren meiner Helden betraf.

Unser Englandaufenthalt war eigenartig und hatte groteske Züge, er zeigte uns, dass wir uns mit eigentlich allem wenig auskannten. Das Taschengeld für die drei Wochen erschien uns üppig, da wir nicht gelernt hatten, es einzuteilen. So waren wir nach zwei Tagen pleite. Am ersten Tag hatte jeder von uns dreien eine Akustikgitarre gekauft. Tabak hatten wir zum Glück von zu Hause mitgebracht. Alkohol tranken wir zu dem Zeitpunkt noch nicht. Meine zwei Freunde verkauften ihre Gitarren nach einer Woche an andere Jungs und bekamen nur noch ein Viertel des Kaufpreises raus. Ich behielt meine.

Gegen Ende der drei Wochen tauschte ich sie gegen eine Lederjacke, denn zu Hause hatte ich schon eine Gitarre.

Mit Mädchen war nichts los in der Zeit. Einer meiner drei Freunde hatte ein Mädchen dort, aber es war eine unglaubliche Nervensäge, und niemand beneidete ihn ernsthaft. Es hatte eine seltene Krankheit, die vor allem an den Händen sichtbar wurde: Fischschuppen oder Schwimmhäute, ich erinnere mich nicht, aber ständig ging es darum. Und ich dachte immer, dass unser Freund diese Hände anfassen musste. Außerdem sang das Mädchen von morgens bis abends *Jumpin' Jack Flash*, und sang es natürlich grausam falsch. Das Mädchen war eine Katastrophe, total peinlich. Ich frage mich, was für eine Schlampe die Blonde heute wohl sein mochte.

Zum Unterricht gingen wir drei, vier Mal. Die Lehrer dort hatten sowieso keinen Überblick, und die Zertifikate teilten sie aus, um genau dies zu vertuschen.

Unsere Gastfamilien waren wie Figuren aus einem Film, den wir eigentlich nicht sehen wollten. Nicht, dass sie sich keine Mühe gaben, aber es passte einfach nicht zwischen ihnen und uns. Im Übrigen war mir die ganze Privatheit zuwider, meinen Freunden ging es ähnlich. Der englische Mief war einfach umwerfend.

So verbrachten wir die Tage draußen, kamen gerade mal zum Schlafen.

Mal war ein Open-Air-Konzert, und es spielten Gruppen, die keiner mehr kennt. *U.F.O.* zum Beispiel.

Dann waren wir in London.

Wir versuchten Platten zu klauen, ließen es aber dann.

Über London hätten wir keine halbe Seite schreiben können, falls es zu einem Aufsatz gekommen wäre. Was wir sahen, kriegten wir nicht auf die Reihe.

Wir bekamen von allem nur die Hälfte mit, da wir vollkommen um uns selbst kreisten.

Mein Freund hielt sich für Marc Bolan.

Der andere machte auf Diva. Heute ist er eine trostlose Glatze, der das vom Vater geerbte Geld an der Börse verjubelt, seine Ehe mit unserer Klassenschönheit in den Sand gesetzt hat und tatsächlich noch immer auf Diva macht. Damals waren seine ganze Masche: der goldblonder Lockenkopf, sein Untergewicht und sein schmachtender Blick. Er hatte einiges am laufen, ganz und gar erstaunlich für eine Schlaftablette. Auch Bolan hatte ständig etwas am laufen, aber keiner wollte mit ihm tauschen. Und von mir dachte jedermann, ich hätte was am laufen, aber glücklicherweise kannte niemand die ganze Wahrheit.

Marc Bolan war damals noch voller Kraft, was heute mit ihm ist, das weiß ich nicht, ich gehe aber davon aus, dass er T.Rex hinter sich gelassen hat.

Wenn ich heute T.Rex höre, dann denke ich oft, dass Bolan und Finn trotz aller Popularität unterschätzt wurden. Und dass mein Freund, der sich wirklich für Bolan hielt, dies vielleicht sogar damals schon ahnte. Mit fünfzehn war er sehr klug, ich nehme aber an, dass er dieses Niveau nicht hat halten können. Und dass dieses ganze T.Rex-Ding ihn bis heute beschäftigt, zumindest, wenn er alleine ist.

Ich war nie das, was man als einen Hingucker bezeichnen würde, aber damals war ich so gutaussehend, wie ich es danach nie wieder sein würde. Ich war schlank, meine Haare lang, und meine Haut war glatt. Heute habe ich Übergewicht, meine Haare gehen mir aus, und, ich würde sagen, mir geht es eben so, wie es vielen Männern geht, wenn sie älter werden.

Damals war ich jedoch zumindest einmal ein wirklicher Hingucker, und das hatte ich meinem Tagebuch zu verdanken.

Die Diva flipperte im Aufenthaltsraum der Schule mühelos drei, vier Stunden. Marc Bolan hielt Reden, und ich fand keinen Platz, um in Ruhe zu schreiben. Ich verließ also das Schulgebäude und ging quer über die große Wiese und entdeckte einen angrenzenden Wald. Eine halbe Stunde etwa ging ich immer tiefer in den Wald hinein, bis ich den geeigneten Baum gefunden hatte, an den ich mich lehnen konnte, der mich inspirieren und mich zum Schreiben bringen würde. Der Wald war sehr still, verwunschen irgendwie, intensiv, er verschluckte mich nahezu. Ich war glücklich für einen Moment. Ich war jetzt eher Hesse als Hemingway.

Ich schrieb zügig. Da meine Zukunft noch scheinbar unbegrenzt vor mir lag, schluderte ich bisweilen mit der Gegenwart, und so war auch das, was ich schrieb eher etwas vollkommen anderes als das, was ich tatsächlich erlebte.

Drei Wochen waren damals etwas, das man ohne mit der Wimper zu zucken, verschwenden konnte. Die Sprachschule zu schwänzen war Ehrensache.

Ein Gefühl großer Freiheit überkam mich. Endlose Schulzeit und endlose Freiheit. Zu dieser Zeit sah ich noch keinen Widerspruch darin. Meine Freunde und ich nahmen die Schulzeit nicht ernst, ich am wenigsten, daher war es auch nur folgerichtig, dass ich wenig später als erster von uns die Schule schmiss.

Ich hockte in dem Wald und betrachtete das gefilterte Licht und die hohen Bäume, das satte Grün, dieses englische Grün, wie man tatsächlich sagen konnte.

Ich hatte einen Füller und ein Glas schwarzer Tinte, ein Kugelschreiber wäre mir zu gewöhnlich gewesen.

Indem ich Seite um Seite füllte, spürte ich plötzlich etwas in meinem Rücken, sehr deutlich, sehr unangenehm.

Ich zündete mir eine Zigarette an. Das Gefühl beobachtet zu werden, ließ sich nicht mehr ignorieren.

Langsam, wie beiläufig, drehte ich mich um und entdeckte, etwa zehn Meter von mir entfernt, einen Mann, dessen irre Augen aus einem Gebüsch starrten. Etwas rotblondes Haar sah ich auch.

Wichste er, fragte ich mich, oder war er auf dem Sprung? Vielleicht hatte er ein Messer, ging mir durch den Kopf.

Diese Augen waren komplett irre, hell, schrill, voller Gewalt und vor allem voller Wahnsinn, so muss ich sagen. Englischer Vorstadtwahnsinn.

Es tat sich jedoch nichts, unverwandt starrten diese Augen in meine Richtung.

In aller Gelassenheit, so als sei es für mich vollkommen normal, mich mit Irren auseinander zu setzen, als verfolgten mich täglich irre Augen aus den verschiedensten Gebüschen, verstaute ich mein Tagebuch in meiner Armeetasche, schraubte das Tintenfässchen zu, steckte die Zigarettenpackung in meine Hemdtasche, stand auf und ging langsam, vielmehr schlenderte wie ein zerstreuter Naturliebhaber Richtung Schule. Ich war darauf gefasst, dass sich der Irre jeden Moment in einem Affentempo nähern und mit haarsträubendem Geschrei über mich herfallen würde. Tatsächlich hatte ich nicht *der Irre* im Kopf, sondern ich hatte nur eines in großen Lettern im Kopf: *der Mörder*. Ich war völlig verblüfft über diese Klarheit: Ich war meinem Mörder begegnet, und er hatte nicht gemordet. Er hatte mich nicht ermordet, sondern hatte sich begnügt mit Beobachtung.

Dass das Wort *Mörder* einfach nicht aus meinem Kopf verschwand, gab mir zu denken.

Auf wackeligen Beinen erreichte ich die friedliche Wiese des Schulgebäudes. Ich drehte mich um und sah auf den Wald in der Ferne. *Kein guter Ort für das Tagebuch*, dachte ich schaudernd.

Dann warf ich mein Tagebuch in die nächste Mülltonne und ging in den Flipperraum.

Die Diva spielte wie besessen, Bolan hielt immer noch selbstverliebte Reden, und ich setzte mich an einen Tisch, rauchte und trank den Kaffee, den ich mir am Automaten geholt hatte.

Ich musste den Mörder richtig scharf gemacht haben, dachte ich.

Aber vermutlich nicht scharf genug, sagte ich mir und fragte mich, wieso ich immer ungeschoren davon kam. Wahrscheinlich, weil ich nicht scharf genug war, um ein Opfer zu sein.

Nun fuhr Ernest in mich, und ich zündete mir eine neue Zigarette an der runter gebrannten Kippe an.

Mit sechzehn konnte ich ja noch mal von vorne anfangen, dachte ich.

Auf den Hund gekommen

Seltsamerweise fragten die Menschen, die ich kannte selten nach meinen Hunden, während ich überzeugt bin, dass sich meine Tiere an jedes Gesicht erinnert hätten. Und während meine Hunde hingebungsvoll am Leben hingen und ihre Krankheiten zum Schluss annähernd klaglos und sehr tapfer ertrugen, schienen sie zufrieden mit den zehn, fünfzehn Jahren, die ihnen gerade mal vergönnt waren, im Gegensatz zu den Menschen, die mit dem Vielfachen an Lebenszeit oft ganz anders umgingen.

Ripley

Meine Freundin schenkte mir zu Weihnachten einen Welpen, eine Mischung aus Schäferhund und Collie. Sie fand eine Annonce in der Zeitung, und wir fuhren in die Eifel zu einem schmucken Bauernhaus mit völlig heruntergekommener Scheune. Naiv wie wir waren, wollten wir nach dem Läuten und als sich die Tür öffnete, das Wohnhaus betreten. Der Bauer zeigte jedoch auf seine Scheune, in der wir dann die Hündin und ihre Welpen fanden. Alles war verkotet, die Welpen blinzelten, als hätten sie selten Tageslicht gesehen. Betreten suchte ich rasch einen kleinen Hund aus, ich konnte den anderen nicht in die Augen sehen, denn es war mir unmöglich zwischen dem einen und dem anderen wählen. Ich spielte Schicksal für die nächsten zehn Jahre, für ein gesamtes Hundeleben. Instinktiv suchte ich mir den magersten und schwächsten Welpen aus. Der unverschämte Bauer hielt die Hand auf und forderte frech hundert Mark. Wir gaben sie ihm und verließen ihn grußlos.

In der ersten Nacht zu Hause, hatte ich den Eindruck, dass der kleine Hund sterben wollte.

Beim Tierarzt am nächsten Morgen stellte sich heraus, dass er völlig verwurmt war und Fieber hatte. Tatsächlich war er sehr krank.

Kaum war er behandelt und versorgt, stellte sich bei ihm eine Lebensfreude ein, die die nächsten Jahre anhalten sollte.

Er lernte in den ersten Tagen bei uns unseren Kater kennen, der drei Mal so groß wie er selbst war. Die beiden waren sofort verliebt ineinander.

Ich nannte meinen Hund Ripley, weil die Highsmith Romane von Mr. Ripley mich tief beeindruckt hatten, und weil ich hoffte, dass mein Hund sich ähnlich durchs Leben würde kämpfen können wie Mr. Ripley, und dass wir beide voran kommen würden. Mein Hund war zwar kein Rüde, er bekam den Namen dennoch.

Das einzige, was er mit Ripley gemeinsam hatte war eine gewisse augenzwinkernde Hinterhältigkeit. So hatte mein Hund die Angewohnheit, harmlos an Spaziergängern vorbei zu laufen, um sie dann von hinten anzuspringen. Ich habe deswegen häufig Ärger bekommen.

Ripley hatte sein eigenes Ledersofa in unserer Studentenwohnung, und dieses Sofa war das einzige Sofa, und es war in Ordnung für mich. Er liebte das Sofa so sehr, dass sich niemand mehr drauf setzten durfte.

Als ich einen Job hatte, der dann über Jahre ging, war es selbstverständlich, dass mein Hund mich in mein Büro begleitete. Er kannte also auch das so genannte Berufsleben. Es wurde angenehm für ihn, da die Sekretärin ebenfalls ihren Hund dabei hatte. Er hatte nun einen Freund im Büro, und die beiden verbrachten einige Jahre gemeinsam in der Firma. Aber im Grunde kannte Ripley noch besser als das Büro mein Atelier und die Malerei, die Ölfarben, die Terpentingerüche, die Bilder, die ich hin und her trug, er wusste, wann Kunden und wann Freunde kamen, er witterte dies. Bei Kunden hielt er sich zurück, und bei Freunden wurde er hingebungsvoll und fröhlich. Er liebte es, wenn viel los war.

Jahrelang lebten wir so, wir gingen morgens ins Büro quer durch die ganze Stadt, und abends lag er in meinem Malzimmer. Am Wochenende fuhren wir an den Rhein oder in den Wald.

Als wir in das Haus zogen, hatte er den Garten, die ganze Straße zusätzlich, und unsere Spaziergänge wurden länger, sein Leben leichter, das Büro fiel dann auch noch weg.

Wir fuhren gemeinsam mit dem Wagen herum wie eh und je. Ripley war ein Hund, der sicher auf den meisten Vernissagen war. Und sich mit den verschiedensten Wagentypen gut auskannte, denn es verging kein Tag ohne Autofahrten, und da ich immer alte Karren kaufte, lernte Ripley so einige Autos kennen. Wenn wir in eine Werkstatt fuhren, war er besonders angespannt.

Dann änderte sich etwas in meinem Leben und dadurch auch in seinem.

Die neuen Freundinnen und die neuen Wohnungen, in denen wir zu Besuch waren, verwirrten ihn und machten ihn melancholisch.

Wir waren kaum noch zu Hause, immer unterwegs. Ich hatte das Gefühl, dass er unter dem Unterwegssein litt.

Die Trennung von meiner Freundin machte ihm so schwer zu schaffen, dass er sich davon nicht erholen konnte. Dann starb sein geliebter Kater. Das war neun Jahre, nachdem wir Ripley von dem gespenstigen Hof geholt hatten. Ripley, der meine ganze Schallplattensammlung auswendig kannte, jedes Bild, das ich gemalt hatte ebenso, der meine gesamte Familie und die ganze Familie meiner Freundin und jeden Freund und jeden Bekannten kennen gelernt hatte, Ripley, der mit in den Urlaub gefahren und jeden Geburtstag mitgefeiert hatte, den selbst Silvesterraketen nicht aus der Fassung brachten, Ripley kriegte Krebs. Ich sah, wie er Abschied nahm, als wir meine Eltern besuchten. Er ging langsam eine Runde durch den Garten, und danach sah er meine Mutter, meinen Vater und meinen Bruder lange und intensiv an. Als wir zur Tür hinaus gingen, drehte er sich nicht mehr um, so wie er es sonst immer getan hatte.

Als der Hund hohes Fieber bekam, fuhr ich wieder zum tierärztlichen Notdienst.

Ich hob ihn auf den Behandlungstisch, und Ripley hielt die Spritze, die er gegen Schmerzen bekommen sollte, für die Todesspritze. Ich in meiner Trauer ebenso. Panisch sprang er vom Tisch, obwohl ihm diese Bewegungen im Grunde gar nicht mehr möglich waren.

Ich hob ihn in mein Auto, und wir fuhren nach Hause.

Es dauerte einige Tage, bis er starb. Ich habe vieles aus dem Leben mit Ripley ausgelassen. Es erscheint mir nicht erzählbar. Er hat weit mehr erlebt, als ich hier schildern kann, und zum Schluss waren sein Kummer und seine Ängste größer, als ich es hier sagen könnte.

Seine Schmerzen in der letzten Nacht waren entsetzlich, und sein Stöhnen brach mir das Herz. Aber er hatte mir die Entscheidung abgenommen, er wollte sie nicht, die Todesspritze, er wollte nicht da sterben in dem gekachelten Raum mit den fremden Menschen. Dafür nahm er den Schmerz in Kauf so schien es mir, und ich glaube, dass es wirklich so war.

Ich weiß nicht, warum er sein glückliches Leben in dieser abgrundtiefen Trauer und mit diesen gnadenlosen Schmerzen beenden musste, und worin der Sinn einer solchen Geschichte lag.

Als er starb, sah er mich an, als wollte er sagen: *Es war eine gute Zeit, aber ich kann nichts mehr für dich tun. So wie früher wird es auch für dich nie wieder sein.*

Ich begrub Ripley im Garten, die Erde war so fest gefroren, dass ich Stunden brauchte, um ein Loch zu graben. Ich wickelte den Hund in eine Wolldecke, und legte ihn in die Erde.

Meine Freundin, die nach der Trennung noch im selben Haus, allerdings eine Etage höher, wohnte, stand auf dem Balkon und beobachtete die Beerdigung bitterlich weinend.

In den nächsten drei Nächten hörte ich Ripley durchs Haus gehen, ich hörte wie er seinen Napf auf dem Steinboden leicht bewegte, und ich hörte, wie sein geflochtener Korb knarrte und knackte, wenn er sich hinein legte.

Am vierten Tag war das Haus totenstill.

Ripley wäre sicher damit einverstanden, dass ich hier einiges aus unserem gemeinsamen Leben ausgelassen habe. Und dass viele Menschen unerwähnt bleiben. Er wusste, dass man nie alles erzählen sollte, und dass man es auch gar nicht vermocht hätte. Selbst er nicht.

Sein Haus und seinen Garten sollte er behalten. Als meine ehemalige Freundin und ich das Haus verkauften, nahm ich den Käufer bei Seite und bat ihn, die Grabstelle zu respektieren und den armen Hund dort begraben zu lassen.

Und als ich ihn Jahre später wieder sah, erzählte er, wie sein Gärtner bei der Umgestaltung des Gartens kreidebleich ins Haus lief, um die Polizei zu rufen, da er auf Knochen gestoßen war.

Der neue Hausbesitzer klärte ihn auf, und so wurde das Grab wieder geschlossen.

Es gab also Menschen, die ihr Versprechen hielten, und so hat Ripley seinen Garten noch und kann auf das Haus schauen.

Ich bin aber sicher, dass er schon lange ganz andere Dinge tut, und dass er seinen geliebten Kater wieder gefunden hat, und dass die beiden alle Zeit der Welt haben, um auf mich zu warten, und dann können wir alles noch mal von vorne beginnen und das dann für alle Zeiten.

Tania

Ich hatte Angst, als ich an den dunklen Zwingern vorbeiging und mir ein unglaubliches Gebrüll und Geheule und Knurren entgegen kam. Der einzige schwarze Hund, der keinen Ton von sich gab, sondern mich einfach nur anschaute, war Tania. Angeblich fünf Jahre alt, warum diese Lüge, war mir völlig unklar. Ich schätzte den Hund auf ein, vielleicht anderthalb Jahr. Auch er kam wie Ripley zunächst mit Tageslicht nicht klar. Nachdem ich ein paar Schritte mit Tania auf der Wiese gegangen war, bemerkte ich, wie unsicher sie sich bewegte. Ein Nachthund. Nicht so monströs wie seine Brüder, aber immer noch unheimlich. Gefährlich wider Willen, so kam Tania mir vor. Im Grunde hatte sie Angst. Und war melancholisch.

Meine russische Frau redete sofort auf den Hund ein, und der war ganz begeistert von ihr. So wie meine Begeisterung für meine Frau schnell nachlassen würde, so würde es Tania ein wenig vor mir gehen. Der Besitzer des Hundes erzählte alles Mögliche, mehr als die Hälfte stimmte nicht. Tania konnte nichts, war nicht stubenrein, vermochte nicht mal Treppen zu steigen, sie wusste nichts von der Welt, außer dass sie dunkel und traurig war und ihre Brüder ihr alles weg fraßen und sie zwischendurch vermöbelten.

Meine Frau plapperte die ganze Zeit, und ich sah von Tania zu ihr und wusste, dass der Hund meine Ehe überdauern und dann bei mir bleiben würde. Für meine Frau war die Anschaffung eines Hundes nur ein weiterer Zeitvertreib ohne Folgen. Ich streichelte den Hund

zaghaft, da guckte er mich an, als wolle er sagen: *Du musst mich nicht nehmen, aber wenn du es tust, sag ich nicht nein.*
Der Besitzer verlangte 500 Mark, dies für einen Rottweilermischling ohne Impfungen. Ich hatte mich schon entschieden, und da ich nicht gerne handele, vor allem nicht, wenn es um arme Seelen geht, gab ich ihm einen Schein, den ich gerade erst von einem Kunden für eine Zeichnung bekommen hatte.

Als wir wegfuhren, drehte sich Tania nicht um.

Der Blödmann, der uns erzählt hatte, dass selbst die Polizei an Tania interessiert gewesen sei, winkte uns hinterher. *Als Polizeihund*, sagte er aufgeregt, *als Polizeihund.*

Als wir zu Hause ankamen, blieb Tania distanziert.

Sie schien soweit zufrieden, und doch hatte sie eine Art Heimweh, drehte durch, brach aus, machte lange Spaziergänge allein, erschreckte die ganze Straße.

Einmal biss sie ein ganzes Stück Holz aus unserer Haustür.

Erst in meinem düsteren Atelier in der Nähe des Bahnhofs wurde sie ruhiger.

Mit dem neuen Freund meiner Ex räumte Tania auf, er war laut und hysterisch wie immer, und Tania, die fast immer stumm war, bellte zwei Mal. Wie ein durchdrehender Käfer raste der Freund auf allen Vieren durch die Wohnung und bat seine neue Mutti um Hilfe. Tania zahlte es auch dem Hund, der Ripley regelmäßig aus dem Hinterhalt angefallen und vor dem Ripley große Angst hatte, heim, indem er ihn ohne Vorankündigung in ein Gebüsch prügelte. Das Eigenartige an meinem Hund war, dass er weniger biss als vielmehr prügelte, mit den Pfoten tat er das, und sich immer wieder zu drehen mit dem ganzen Gewicht seiner vierzig Kilo, war seine Angriffsmethode.

Tania hasste andere Hunde, ich konnte nichts machen, der Hass saß zu tief und ließ sich nicht regulieren. So brach Tania mir zwei Finger, als sie, an der Leine gehend, plötzlich voller wilder Mordlust auf einen Schäferhund los wollte und mir die Lederleine um die Hand schlug.

Der Hund war ein Kraftpaket, der aus dem Stand auf hohe Mauern und über Gartenzäune sprang und für den Kampf mit einem anderen Hunde lange Strecken lief. Einmal jagte er eine Kuh auf der Weide. Ich musste ihn zusammen schreien, damit er Fehler einsah, und manchmal musste ich ihn treten, damit er zu sich kam.

Ich hatte einen unschönen Briefwechsel mit dem Ordnungsamt, und bevor die Diskussion wegen der Kampfhunde begann, gingen wir sozusagen in den Atelieruntergrund. Wir verließen frühmorgens die Wohnung und fuhren mit dem Fahrstuhl in die Tiefgarage und von da in einen einsamen Wald und dann ins Atelier, das ohnehin ein einer rechtsfreien Zone lag. Erst wenn es dunkel war, kehrten wir zurück. Mir war klar, dass Tania jeden Wesenstest vermasseln würde. Ich versuchte mich mit Mischling herauszureden. Den Maulkorb lehnte mein Hund ab, er blieb einfach stehen mit dem Ding vor der Schnauze und weigerte sich, einen Schritt zu tun. Wir versuchten es mit einem Zugeständnis, und der Arzt schoss einen Chip unter Tanias Fell.

Als meine Frau mich verließ, blieb Tania gelassen, weil sie es ohnehin hatte kommen sehen.

Nun lebten wir ohne viele Worte alleine. Tanias Melancholie blieb konstant. Ganz selten zuckte ihr kupierter Schwanz, ein kleiner trauriger Stummel, der nach links und rechts ausschlug.

Tania hasste Betrunkene, bei mir drückte sie ein Auge zu. Kamen aber Kollegen der anderen Ateliers betrunken zu mir, drehte sie durch.

Tania hatte drei Umzüge mitgemacht und zusätzlich zwei Atelierumzüge.

Vorbei waren die Zeiten in der Bahnhofsgegend mit all den Huren, den Schlägern und der Kneipe vor meinem Atelier.

In dem neuen Atelier, in dem ich noch immer bin, kam sie zur Ruhe und wurde insgesamt verhaltener.

Im Sommer fuhren wir regelmäßig an einen See. Hier fühlte sich Tania besonders wohl, sie schwamm weite Bahnen, als sie noch bei Kräften war, mühelos dreißig, vierzig Mal.

Ich bemerkte nicht, dass Tania älter wurde, sie schien mir fast unsterblich.

Tania war unbestechlich und nahm Fremde als das, was sie waren.

Meine Eltern mochte sie und dies wirklich und tief. Andere Menschen lehnte sie ab.

Erst als ich meine jetzige Frau kennen lernte, änderte sich dies allmählich. Und als meine Frau nach einer dreimonatigen Unterbrechung zurück ins Atelier kam, war Tanias Freude für ihre Verhältnisse überschwänglich und überraschend.

Ihre letzten Jahre waren ihre besten. Sie genoss den Frieden und das Gleichmaß, und ich hatte den Eindruck, dass sie endlich zur Ruhe kam.

Wir drei machten lange Spaziergänge, und einmal fuhren wir nach Holland ans Meer.

Tania raste hüpfend über den Strand, völlig begeistert von der Weite und der kalten Winterluft. Erst als sie sich abends kaum noch bewegen konnte, kam mir zum ersten Mal der Gedanke, dass sie alt wurde.

Tania, der ich gerne einen anderen Namen gegeben hätte, ihr ihren aber ließ, das sie sonst gar nichts gehabt hätte als eben den Namen, auf den sie hörte, war bereits vierzehn Jahre alt, als sie immer kränker wurde,

Tumore wuchsen an Hals und an Rücken. Tapfer machte sie immer weiter, die Wohnung, das Atelier, jeden Tag, immer wachsam, immer dunkel. Sie wollte nicht aufgeben, das spürte ich. Sie lebte gegen das Sterben an.

Ausgerechnet als wir unser Atelier umbauten, ging es ihr am dreckigsten. Jetzt denke ich, was für eine Qual das Räumen und die Handwerker mit ihren Maschinen für sie gewesen sein mochten.

Sie machte unter sich, sie kam nicht hoch, ihr Blick war ernst und verschlossen.

Mir schien, als falle ihr Kopf ein, er veränderte seine Form.

Ich führte längere Gespräche mit dem Tierarzt, aber wir kamen nicht weiter. Der Hund hatte Krebs, keiner von uns wusste, wie groß die Schmerzen waren.

Ich wollte nicht, dass Tania dieselben Schmerzen wie Ripley haben würde. Tania war zu stark, um alleine sterben zu können, das wusste ich.

Wir verlebten einen ruhigen, friedlichen Tag in der Wohnung.

Ich hatte mich entschieden.

Tania verweigerte das Futter, zum ersten Mal in ihrem Leben. Sie spuckte den letzten Specky-Streifen einfach aus, ihr Körbchen stand in einer Pfütze, und sie sah mich an mit Augen, die anfingen aufzugeben. Und doch war mir unklar, ob sie wusste, dass wir nun eine allerletzte Autofahrt machen würden.

An ihrem Lieblingsplatz in der Nähe des Waldes machten wir eine längere Pause, und sie stapfte langsam durch das frische Gras und schaute in das kleine Flüsschen, und ich konnte nicht begreifen, dass dieser Hund sterbenskrank war und in einer Stunde tot sein würde.

Als wir in der Straße, in der der Tierarzt seine Praxis hatte, parkten, sprang Tania aus dem Wagen, schaute nach rechts und nach links und atmete tief aus.

Dann marschierten wir los. Immer noch wusste ich nicht, ob ihr klar war, worum es ging.

Sie hatte fast gute Laune. Vor der Tür des Arztes pinkelte sie.

Ich sprach auf sie ein, als die erste Spritze kam, Tania sah zu meiner Frau, dann zu mir, dann schlief sie langsam ein.
Meine Frau verließ den Raum.
Der Arzt und ich trugen Tania in einen Nebenraum.
Dann gab es eine weitere Spritze.
Tania war ohne Bewusstsein.
Dann begann der Todeskampf. Er dauerte eine halbe Stunde. Der ganze Körper bäumte sich auf und zuckte und der arme Hund gab grauenhafte Sterbenslaute von sich. Ich rief nach dem Arzt, er spritzte nach und versicherte mir, dass der Hund nichts spüre, dass dies nur noch Reflexe seien.
>>Denken Sie an die geköpften Hühner, die kopflos über den Hof rennen<<, sagte er.
Tania bebte unter meinen Händen und wollte nicht aufgeben.
Ich fühlte mich schuldig wie ein Verräter.
Alles Beten schien nicht zu helfen, Tania kämpfte mit etwas, das ich nicht kannte.
Endlich erschlaffte der große schwarze Körper, und ich ging zu meiner weinenden Frau.

Ich drückte dem kühlen Arzt die Scheine in die Hand, und wir ließen den Hund in dem grauen Raum, und er ist mir nie wieder erschienen.
Noch immer fühle ich einen Verrat an ihm.
Was hätte ich machen sollen? Tania war todkrank, oder etwa doch nicht?
>>Alles andere wäre Tierquälerei<<, sagte der Arzt.

Fünfzehn Jahre sind eigentlich nichts, und sie vergingen wie im Flug, von mir aus hätten wir noch zehn drauflegen können, gerade jetzt, wo es richtig schön wurde, hörte ich Tania sagen, und dann sagte sie: *Man muss sich nicht groß verabschieden. Wir werden uns wiedersehen.*

Würde Tania wieder auferstehen, ich wusste, sie würde genauso weitermachen wie zuvor. Vermutlich würde sie sich wundern, dass mein Auto nun ein anderes war, dass es die Wohnung nicht mehr gab, und dass es im Atelierhaus nun neue Nachbarn gab. Und darüber, dass ich nun ruhiger war als früher, darüber würde sie sich auch wundern.

Dass meine Frau noch da war, das würde sie freuen, und dann würde sie ihren melancholischen Wachdienst wieder aufnehmen und manchmal, ganz selten, würde der kupierte Schwanz zucken und ansonsten würde kein Wort zuviel gewechselt werden.

Tania liebte das Leben mehr als mir bewusst war.

Pablo

Pablo, der eigentlich Max hieß und der nur halb so groß wie Ripley und viel weniger als halb so groß wie Tania war, inspizierte seine neue Bude, befand sie für gut, ging zu seinem Napf, um rasch zu fressen, dann prüfte er den Korb, der noch nach Tania roch, legte sich hinein und schnarchte.

Pablo ist ein Mischling, der so oft in genau dieser Art vorkommt, in Spanien und Mexiko, dass man fast von einer Rasse sprechen könnte. Einer Pablorasse.

Er wurde stubenrein an einem einzigen Tag. Da er eine Vergangenheit hatte, die uns unklar war, beließ er es dabei, zeigte uns aber deutlich, dass Menschen nicht sein Ding waren und dass wir zwei ihm als Gesellschaft vollkommen genügen würden. Kaum im Atelierhaus, kam es zu dem Missverständnis, dass Pablo nicht das gesamte Gelände kontrollieren, sondern nur unsere Bude beaufsichtigen sollte. Wir können ihm dies bis heute nicht ausreden. Sogar Falschparker werden verächtlich angepinkelt.

Pablo muss in seinem früheren Leben schon einmal ein Atelierhund gewesen sein. Spielt er Ball im Atelier, macht er einen Bogen um die Tuben und Gläser, frische Bilder schaut er ernst und prüfend an, nachdenklich betrachtet er die Bilderregale und scheint sich zu fragen, wie wir diese Unmengen je loswerden wollen.

Jeden Tag fahren wir mit ihm an den Rhein, und dort vergisst er dann völlig die Sache mit der Kunst und seine Abneigung anderen Menschen gegenüber. Er duldet Jogger und Fahrradfahrer, solange sie einfach nur weitermachen und ihn nicht anschauen oder ansprechen. Selbst ihm ist klar, dass der Rhein für alle da ist.

Dieses Spielen am Rhein, der Ball, der die Böschung rauf und runter geschossen wird, das ist für ihn das Beste. Im Gegenzug verzeiht er uns das Arbeiten am Computer und das nervend lange Malen an der Staffelei. Abends will er den Fernseher laufen haben. Wenn wir mal ausgehen, sieht er alleine fern und lässt uns ziehen.

Kommt Kundschaft oder anderer Besuch um die Zeit, macht er es sich auf dem Bett im Schlafzimmer gemütlich. Das ist ihm lieber als der Stress mit Besuchern.

Fahren wir in den Urlaub, geht er tapfer in die Tierpension. Und sind wir wieder da, will er nicht hören, wo wir gewesen sind.

Pablo ist der typische Atelierhund, er wäre kein Hund für eine kleine Wohnung. Unser Atelier ist groß wie eine Turnhalle, das gefällt ihm als Sportler und großzügig duldet er all die Bilder.

Ständig knurrt er, wenn er Türen im Flur hört, und wenn wir ihn deswegen ausschimpfen, tut er schuldbewusst, obwohl er weiß, dass wir gewisse Dinge durcheinander bringen und einfach nicht verstehen.

Pablo ist noch ganz am Anfang seiner Lebensgeschichte.

Ein frisches Bild wird sofort von ihm beschnüffelt.

Die alten werden in Abständen angeschaut.

Pablo liebt die Wiederholung, und wenn es nach ihm ginge, wären Besuche vollkommen überflüssig. Unsere Ferien auch, aber da setzt er ein Pokerface auf. Gewisse Kompromisse, was uns betrifft, lässt er zu, wenn auch ungern.

Nachmittags liegt er auf dem Sofa und ihm fallen die Augen zu. Dann schaut er kurz in unsere Richtung, als wolle er sagen: *Ich habe es geschafft, dann wäre es doch gelacht, wenn ihr es nicht auch schafft.*

Jeden Morgen erwacht er voller Begeisterung und kann kaum abwarten, dass der Tag beginnt. Dass ein Tag dem anderen gleicht, erhöht seine Freude.

Denkt nicht über die Vergangenheit nach, signalisiert er, *ich tue es ja auch nicht.*

Manchmal überprüft er die Anzahl seiner Dosen, und wenn die Zahl überschaubar wird, denken wir wieder über das Geldverdienen nach, und Pablo springt auf sein Sofa, legt sich auf den Rücken und streckt alle Viere von sich, dann überlegt er es sich anders und geht zu dem kleinen Bäumchen, unter dem seine Decke liegt. Er kaut ein bisschen Erde, und wir wissen, dass das Bäumchen wieder gegossen werden muss.

Wenn wir am nächsten Tag die Zahl seiner Dosen aufstocken, wird seine Laune noch besser, und er kickt den großen Ball, den wir mit den Payback Punkten bezahlt haben, voller Freude durchs Atelier.

Er wünscht uns Kunden, so wie wir sie uns wünschen, aber wenn es klingelt, kriegt er äußerst schlechte Laune.

Pablo wünscht sich ein Leben ohne andere Menschen, das Malen toleriert er immerhin. Und auch die eine oder andere Macke, die wir haben. Er toleriert vieles, Hauptsache, andere Menschen bleiben außen vor.

Wenn Pablo sich im Spiegel unseres Kleiderschranks betrachtet, dann schaut er nicht weg, wie es Tania im

Aufzugspiegel tat, nein, er schaut genau hin, und das was er sieht, scheint ihm ausgesprochen zu gefallen.

Selbst mit Pinselblume

Ich hatte meiner Frau an der Tankstelle einen Blumen-strauß gekauft und neben Crisahnthemen und tiefroten Rosen, entdeckte ich zwei seltsame Blumen, deren Na-men ich nicht kannte. Sie sahen aus wie große Pinsel, Zwanziger, würde ich schätzen, wenn nicht größer.
Nachdem meine Frau den Strauss in eine Vase getan hatte, zog ich eine der beiden Pinselblumen heraus, hielt sie mir vor die Brust, und meine Frau machte ein Foto von mir mit der Blume. Danach machte sie noch ein paar Aufnahmen dieser fremdartigen Blume ohne mich.
Ich mag es, uneitel mit meinem Äußeren umzugehen. Ob ich wirklich frei von Eitelkeit bin, weiß ich aller-dings nicht. Ich habe es immer geschätzt, wie Corinth sich in Szene gesetzt hat, sehr uneitel, wie ich finde. Und doch bleibt ein gewisser Zweifel, ob er nicht aus der Not einfach eine Tugend gemacht hat. So wie ich.
Ich war enttäuscht, als ich mein Foto auf dem Compu-ter sah, rosig wie ein Ferkel, glatt wie ein fünfzigjähriges Baby. Die Pinselblume kam gut, wenn auch nicht so hinreißend wie ich sie empfunden hatte.
Rasch klickte ich auf *Fotoshop*, um dem profanen Foto etwas Schliff zu geben.
Mitten im Sommer war meine Haut blass, vielmehr ro-sig, das ging gar nicht. Mir blieb keine Wahl, ich machte mich schwarz weiß. Mit leichter Tönung. Die Kontraste verstärkte ich, und voller Genugtuung sah ich, wie die Pinselblume Volumen bekam. Und ich auch. Jede Pore, jede Falte, das strähnige, strohige graue Haar, der ver-kniffene Mund. Ich slashte das Foto anschließend, nun saß die Brille schief, wilde, schwarze Auslassungen un-terstrichen Schulterpartie, sowie Stirnpassage. Ich sah voller Schrecken, dass ich allmählich verwarzte. Ich

hatte die Haut meines Vaters, auch er war verwarzt, wie ich sagen muss.

Im Hintergrund tauchte verschwommen das Portrait von Lennon auf, das ich vor drei Jahren gemalte hatte.

Als das Foto fertig bearbeitet war, stellte ich es ins Netz. Dann sah ich folgenden Kommentar:

"this feels like a comment on the post hippie generation... broken hopes, shattered beliefs and a good pinch of sarcastic melancholy... hear the laughter from the sides? new generations are winning the race... no one has a clue what is the trophy"

Andrew, ein arbeitsloser Architekt aus London, der seine Zeit mit Collagen und dem Fotografieren ausfüllte, hatte dies geschrieben. Ich kannte ihn ein wenig, konnte aber nicht sagen, dass ich wirklich viel über ihn wusste. Zumindest bezeichneten wir uns als Freunde, obwohl wir uns bisher nur virtuell begegnet waren.

Als ich Weihnachten in Rumänien am Computer meiner Schwiegereltern saß, schrieb Andrew mir eine sehr ausführliche Mail, in der er mir schwärmerisch seine Beziehung zu einer mexikanischen Künstlerin schilderte.

Als er schrieb, dass er mit dem Vater, der früher ein Hippie gewesen sei, besonders gut klar kam, war ich mir sicher, dass die Geschichte mit der Tochter nicht laufen würde. Und so kam es auch. Nun war nicht mehr die Rede von ihr. Aber er blieb dabei, dass die zwei Wochen in Mexiko die besten seines Lebens waren.

Ich hatte viele beste Wochen meines Lebens erlebt, dachte ich, und ich hatte nie alles auf ein Pferd gesetzt. Für mich war das ein Anfängerfehler.

Andrew war jünger als ich, zwei Jahre, daher finde ich okay, worauf er reingefallen ist.

Gut, ich gebe zu, ich selbst habe unzählige Anfängerfehler gemacht, weil ich jahrzehntelang in gewissen Dingen Anfänger war und es blieb.

Profi war ich immer nur im Malen.

Ich fragte mich, ob Andrew recht damit hatte, dass neue Generationen das Rennen machten.

Wenn ich an den einzigen jungen Menschen, dem ich in letzter Zeit begegnet bin, einem talentierten Neunzehnjährigen, der jetzt die Akademie besuchen wird, denke, dann bin ich mir nicht sicher. Talent reicht nicht, um das Rennen zu machen.

Gehörte ich zur Post Hippie Generation?

Aufmerksam studierte ich das aktuelle Foto. Ich sah ein wenig aus wie David Gilmour und ein wenig wie Neil Young. Mehr als den beiden ähnelte ich aber meiner Tante Anke, was mein Vater bestätigen würde. Aber auch Neil Young hatte etwas von meiner Tante. Meine Lieblingstante hat geraucht und getrunken und nichts anbrennen lassen, so etwas formt ein Gesicht. Wir waren alle Lieblingstanten einer Post Hippie Generation, egal ob wir was mit Hippies am Hut hatten oder nicht.

Ich konzentrierte mich wieder:

Broken hopes, möglich, das blieb nicht aus, wenn man mehrere Leben gelebt hatte. *Broken hopes* eines einzigen Lebens, das wäre für mich unerträglich gewesen. Beispiele dafür gab es in der Literatur zur Genüge. Niemals durfte man alles auf eine Karte setzen. Jedem Jahrzehnt des Lebens eine vollständige Geschichte, jedes Jahrzehnt so leben, als sei man ein Hund und habe nicht mehr zu erwarten. Lebe schnell und stirb jung, das hat mich wegen der Plattheit und der unnötigen Grausamkeit der Aussage immer abgestoßen, lebe alles und werde steinalt, das gefiel mir besser.

Ich sah mir mein Foto an: Ich war also auf dem besten Weg. Ich war schon der fünfte Hund meines Lebens.

Selbst mit Pinselblume, eigentlich ging es nicht besser. Mit fünfzehn hätte ich dieses Foto nicht durchgehen lassen. Damals wollte man alles mysteriös, tragisch, dunkel. Das war der große Irrtum der Jugend, denn damals hätte man alles umsonst gekriegt: das Frische, das Bunte und das Glatte. Himmelschreiende Gesundheit, endloses Leben, alle Versuche frei, alles neu. Stattdessen bevorzugte man die Aussicht auf ein vorzeitiges, allumfassendes Ende. Zumindest das Versprechen auf ein frühes Ende. Letzter Ausstieg mit 27. Unvorstellbar - aus heutiger Sicht.

Selbst mit Pinselblume war eher grotesk, das hätte ich damals nicht ertragen.

Jetzt gefiel es mir. Ich hatte gesehen, wie bei George Harrison die langen Haare fielen, wie er in seinem Rosengarten rumwerkelte und keine gescheite Musik mehr hinkriegte. Und dass er als Chemopatient endete, Beatles hin und Beatles her. Also konnte ich meine Pinselblume zum Gruß an Corinth ruhig vor ein Gesicht, das auf den ersten Blick keinerlei Ähnlichkeiten mit all meinen bisherigen Gesichtern hatte, halten.

Andrew sah aus wie Johnny Cash, ich eben wie Gilmour, irgendwann sieht man mit fünfzig eben wie fünfzig aus oder wie sechzig, je nachdem, was man alles nicht hat anbrennen lassen.

Ich betrachtete meine Frau: Sie war siebzehn Jahre jünger als ich, und doch wirkte der Altersunterschied zwischen uns wie zwanzig Jahre. Sie sah aus wie ein Mädchen und ich wie ein alter Kacker. Damit konnte man leben. Wenn sie es konnte, wo lag mein Problem?

Selbst mit Pinselblume: Wie viele Versuche hatte ich noch frei?

Da niemand wusste, wohin die Reise ging, weder die Post Hippie Generation noch die neue Generation, da niemand wusste, warum wir das alles hier veranstalteten, selbst wenn die einen weniger und die anderen mehr auf den Weg brachten, da also niemand dies zu wissen schien, würde auch niemand das Rennen machen. Und wurde man nur alt genug, fand man heraus, dass es gar nicht darum ging, das Rennen zu machen. Es ging um andere Sachen, die Pinselblume war eine davon.

Es gab erstaunliche Dinge, eine Blume, die wie ein schöner, großer Ölmalpinsel aussah, das war doch mal was. Und ich hatte schon viele Blumen und ebenso viele Pinsel gesehen.

Ich sah mir Andrews Profil und seine Arbeiten an, kein Zweifel, er war depressiv.

>>Baby, ich denke, ich bin depressiv<<, sagte ich zu meiner Frau.

>>Wieso denn?<<

>>Ich kriege überall Warzen, meine Stirn fühlt sich an wie ein Streuselkuchen.<<

>>Geh mal zu einem Hautarzt.<<

>>Nein, der interpretiert das nur falsch.<<

>>Vielleicht kann er lasern, oder er gibt dir irgendeine Salbe.<<

Ich fragte mich, ob diese eigenartigen kleinen Warzen nicht winzige Antennen oder Sensoren waren. Und ich es einfach noch nicht begriffen hatte.

>>Ich war schon ewig nicht mehr betrunken, ich glaube der Rock 'n Roll in mir stirbt<<, jammerte ich.

>>Das letzte Mal ist vier Wochen her.<<

>>Ja eben, sag ich doch.<<

Jetzt fing meine Frau auch noch an, das Atelier zu staubsaugen.

Andrew, machen wir uns nichts vor, dachte ich*, wir sind der neuen Generation doch haushoch überlegen.*

Das Atelier blitzte nach einer Weile, es war wie neu, meine Frau wurde immer jünger, ich sah aus dem Fenster, und der Tag draußen war strahlend hell.

Ich stand auf, trommelte auf meinem Bauch, zündete mir eine Zigarette an und machte mich auf die nächsten Jahrzehnte gefasst.

Keine Zeile mehr

Henry Miller, Charles Bukowski, Georges Simenon, Thomas Bernhard, Alberto Moravia, Philip Roth, Truman Capote, Peter Weiß, Carson McCullors, Joseph Roth, Jerzy Kosinski, Anton Tschechow, Louis-Ferdinand Céline, Cesare Pavese, Heinrich Böll, Ernest Hemingway, Siegfried Lenz, Max Frisch, diese Namen hatte ich im Kopf, als ich mit siebzehn in meinem Keller saß und meine Schreibmaschine bearbeitete. Wahrscheinlich habe ich einige Namen vergessen, Earl Thompson, der den Roman *Ein Garten voll Sand* geschrieben hat zum Beispiel.

Ich hatte gerade die Schule geschmissen oder mit anderen Worten: Man hatte mich rausgeworfen und eine neue Schule zu finden, wurde so schwierig, dass ich es sein ließ.

Meine Freunde besuchten mich ab und zu, für sie war es völlig normal, dass ich im Keller saß und schrieb. Keiner fragte mich, warum ich dies tat. Damals schrieben wir eigentlich alle.

Niemand machte sich Gedanken, wie es weitergehen sollte. Das Wort Lebensplanung gab es noch nicht, zumindest nehme ich das an. Hätte es dieses Wort gegeben, es hätte uns nicht gefallen. Aber vermutlich gab es zu allen Zeiten Menschen, die ihr Leben planten, also auch zu unserer. Wir jedoch planten nichts, ich schon mal gar nicht.

Ich schrieb an einem Roman, der einen so süßlichen Titel hatte, dass ich ihn hier nicht wiedergeben möchte. Etwa dreihundert Seiten. Zuviel Schule und Gezerre um eine laszive Vorstadtgöre, etwas Gras und viel Musik. Als ich erkannte, dass er nichts war, fing ich einen zweiten an. Darin beschrieb ich etwas, was ich nicht kannte.

Wahrscheinlich gab es immer schon junge Menschen, die schreiben wollten, es mussten oder es zu müssen glaubten. Um sich zu rechtfertigen, um zu beeindrucken, um bei irgendjemandem anzukommen, aus Selbstverliebtheit oder aus Selbsthass. Vielleicht auch aus Langeweile.

Das wirklich Interessante an dieser Sache mit dem Schreiben lag aber darin, dass junge Menschen, wenn sie älter wurden, mit dem Schreiben wieder aufhörten.

Es gab vielleicht eine Sache, bei der es sich ähnlich verhielt: dem Musikmachen.

Viel später hörten manche der Leute, die aufgehört hatten zu schreiben, auch noch auf zu lesen. Das habe ich häufig mitbekommen. Das traf auf die Musik in fast noch stärkerem Maße zu.

Damals war ich mit Leuten zusammen, die alle ständig lasen und immerzu über Literatur sprachen. Darauf war Verlass, es konnte noch so dicke kommen, die Literatur wurde hochgehalten.

Dann kamen Bundeswehr und die Jobs, manche studierten dies und das, manche verloren sich in Beziehungen. Später, viel später, kamen die jungen Familien, alles drehte sich um Kinder, die Eltern fingen glückselig an zu brabbeln und gaben ihren Verstand auf.

Die Bücher verstaubten.

Es ist keine Kunst, mutig zu sein, wenn man jung ist.

Es gehört kein Mut dazu, mit siebzehn einen Roman zu schreiben. Und dies im Schutz der Familie zu tun, die die Hand über einen hält, das braucht so wenig Mut, als wäre man eine kleine, dumme Betschwester und wollte der Tante Soundso einen Pullover zu Weihnachten stricken.

Als ich meinen ersten Roman schrieb, hatte ich zu viele Vorbilder, zu viel Kitsch im Kopf, zu viele Fünfziger Jahre Filme gesehen und außerdem die Filme der schwarzen Serie, die sich noch viel verheerender als alles andere auf meine Schreibe auswirkten. Ich konnte mich nicht zwischen Doris Day und Jimi Hendrix entscheiden, was meine Welt betraf. Wie oft hatte ich Filme mit Bogart gesehen, um danach in meinen Keller zu gehen und zu schreiben. *An einem Tag wie jeder andere*, alleine der Titel war so stark, dass ich gar keine Zukunftsangst hatte.

Ich schrieb, obwohl ich noch nicht viel erlebt hatte. Ich hatte die falsche Reihenfolge gewählt: Ich schrieb erst und erlebte dann etwas.

Weil ich die Schule abgebrochen hatte, blieb es mir erspart, mir Gedanken darüber zu machen, ob ich Germanistik studieren sollte oder nicht. Ich gehe davon aus, dass ich nicht viel verpasst habe.

Ich schrieb und schrieb. Mein zweiter Roman war ebenfalls dreihundert Seiten lang. Er war nichts. Es ging um Rockmusik und Frauen, mir fiel auf, dass ich zu viele Filme gesehen hatte und dass ich nur Mist schrieb. Nebenher hatte ich Erzählungen geschrieben und Gedichte. Die Gedichte waren noch das Beste.

Mit achtzehn schickte ich eine *short story* zu einem *Playboy*-Wettbewerb. Der Gewinner sollte zehntausend Mark und natürlich die Veröffentlichung im *Playboy* bekommen.

Ich schrieb eine Story über ein Nachtcafé, das ich fast täglich gegen Mitternacht besuchte, um mit meinen Freunden abzuhängen. Es war keine richtige Kneipe, mehr ein Café. Kein Studentending, eher was anderes, etwas, was es heute vielleicht gar nicht mehr gibt. Es trafen sich dort Verlierer erster Klasse, die Betreiber waren Jugoslawen, das weiß ich noch, und einer von den beiden zog die Frauen magisch an. Die Mädchen dort waren achtzehnjährige Schlampen, die, wenn sie viel Glück hatten, von der Alternativszene zum Strich überwechseln konnten. Von den Jungs, die dort abhingen, wird man nie wieder was hören, soviel war mir schon damals bewusst. Wie der Laden sich finanzierte, ist mir bis heute ein Rätsel. Einmal parkte ich mein Auto auf den Straßenbahnschienen vor dem Laden, und als es ewig lange draußen bimmelte, zog ich meinen Nazimantel an, verließ den Laden und fuhr die Karre weg. Ich hörte Black Sabbath und fuhr durch die Nacht. Kam ich gegen Morgen heim, ratterte die Schreibmaschine, und schwarzer Kaffee dampfte auf meinem Tisch. Ich hatte diesen Wehrmachtsmantel vom Flohmarkt und einen langen Bart, der Richtung ZZ Top ging, und doch war ich gerade erst achtzehn. Die Mädchen warfen kein Auge auf mich, ich wollte das mit dem Schreiben wieder rausholen. Bei manchen gelang es dann sogar.

Der *Playboy* lehnte meine Story ab. Ich erinnere mich gut an den Morgen, als die Post kam, sie brachte zwei Briefe, einer war die Absage vom *Playboy* und der andere die Zusage der Kunstakademie. Ich war tieftraurig, ich sah mich schon im *Playboy* veröffentlicht und die zehntausend in meiner Tasche, stattdessen ging es zur Akademie.
Ich ließ das Schreiben erstmal, malte meine Bilder, malte nur noch, und auch das tat ich nachts.

Bevor es mit der Akademie losging, mietete ich mir ein Zimmer, mein erstes Atelier. Es war Zeit, den Keller zu verlassen.
In diesem Zimmer las ich Unmengen, aber ich schrieb keine Zeile mehr.

Ich sah auch keine Filme mehr, ich hatte den Eindruck genug Filme für alle Zeiten gesehen zu haben. Ich wollte jetzt meinen eigenen Film.

Nacht für Nacht malte ich.

Dann begann ich mein erstes Semester mit einigen Wochen Verspätung, weil ich nachts zuviel gemalt hatte und tags zu erschöpft war, um mich aufzumachen. Es gab deswegen kein Theater, was mir sympathisch war. Ich suchte mir eine Ecke, packte meine Farben aus und steckte *In Trough The Out Door* von Led Zeppelin in den Kassettenrecorder. Ich trank schwarzen Kaffee und rauchte.

Meine Professorin spürte, dass was mit mir nicht stimmte und bekam einen milden Blick.

Ich sah mich um und bemerkte, dass meine Kommilitonen aus anderen Geschichten kamen und andere Filme fuhren. Das störte mich nicht weiter.

Ein halbes Jahr später, saß ich nachts im Atelier und blätterte in meinen zwei Romanen und in den Storys. Es hatte keinen Sinn, das Zeug machte mir schlechte Laune, der ganze Schülerkitsch darin, das Pathos, die elende Pubertät in allem, die lächerlichen Liebesgeschichten, das bisschen Bogartsex, um es mal so zu nennen.

Ich nahm eine große Mülltüte und schob die vielen Blätter wie Unrat oder verdorbenes Essen in das blaue oder graue Plastik. Ganz zum Schluss drückte ich noch meine Gedichte obendrauf. Am nächsten Morgen kam die Müllabfuhr, das wusste ich.

Es gab kein Zurück: Ich drückte die pralle Tüte in die Tonne.

Dann fuhr ich durch die Nacht und hörte laut Ten Years After, und der Bass von Leo Lyons warf die Gitarre von Alvin Lee weit zurück.

Am nächsten Tag waren die Mülltonnen geleert, und ich saß stumm im Atelier und sah aus dem Fenster. Die

Aussicht hier war etwas besser als der Blick gegen die Mauer in meinem Kellerzimmer.

Mir war, als hätte ich all die Blätter noch in meinen Händen.

Scheiß drauf, dachte ich, und ich konnte nicht sagen, dass es mir besser ging, jetzt, da die Manuskripte weg waren.

Die nächsten dreißig Jahre würde ich zumindest nicht in Verlegenheit kommen, das aufzuschreiben, was ich erlebte oder mir durch den Kopf ging.

Das waren doch schon mal Aussichten.

Henry Miller, Charles Bukowski, Georges Simenon, Thomas Bernhard, Alberto Moravia, Philip Roth, Truman Capote, Peter Weiß, Carson McCullors, Joseph Roth, Jerzy Kosinski, Anton Tschechow, Louis-Ferdinand Céline, Cesare Pavese, Heinrich Böll, Ernest Hemingway, Siegfried Lenz, Max Frisch hatte ich im Kopf, als ich mich mit achtundvierzig an den Computer setzte. Wahrscheinlich habe ich einige Namen vergessen, Earl Thompson, der den Roman *Ein Garten voll Sand* geschrieben hat zum Beispiel. Entweder hatte ich nicht viel dazu gelernt, oder ich war meinen Vorlieben einfach nur treu geblieben.

Was für eine Perspektive, dachte ich, *nun konnte ich alles aufschreiben.*

Die Sache mit dem Kitsch hatte sich erledigt und vieles andere auch.

Ich legte also los, denn die Zeit wurde knapp.

Gebrochene Herzen

It is with a broken heart that I have to tell you that while the doctors examined Willy to prepare him for the Hep C treatment, they discovered that he has pancreatic cancer. He is doing okay and is not in pain and at home watching movies, listening to music, playing a little guitar and reading. We hug a lot and are grateful for the time we have together. Please send him your prayers and good wishes. With love from Nina

Das las ich auf seiner Seite im Juni, jetzt, zwei Monate später war er tot.

Er war nur neun Jahre älter als ich und hätte mein großer Bruder sein können. Er liebte Jimi Hendrix und Bob Dylan so wie ich. Und eigentlich war er mein großer Bruder.

Ich war mir nicht sicher, aber vermutlich hatte ich all seine Alben, manche waren nicht mehr erhältlich, aber ich hatte sie. Das letzte, *Pistola* von 2008, lag neben meiner Anlage.

Es gab Zeiten, da hörte man Brenda Lee, Elvis Presley, James Brown und Conway Twitty, hatte er einmal gesagt, wir würden später, vielleicht bald schon sagen: *Es gab Zeiten, da hörten die Leute Willy DeVille.*

Ich bin kein Fan im üblichen Sinn, ich bin zu sehr mit eigenen Dingen beschäftigt. Aber ich bin treu, und wenn ich jemanden schätze, dann kaufe ich jede Veröffentlichung, selbst wenn ich mich gerade für ganz andere Dinge interessiere. Das hat sich bewährt, denn so kam ich nie in die Verlegenheit, ein Album zu suchen, das vergriffen war.

Vor sieben Jahren besuchte ich sein Konzert in Düsseldorf, er spielte mit dem Pianisten Seth Farber und dem Bassisten David Keyes.

Er hatte gerade eine Hüftoperation hinter sich, und DeVille, der mir wie ein Zwei Meter Mann vorkam, ging am Stock und setzte sich auf einen Plastikstuhl. Er sang alle Nummern sitzend.

Es waren gerade mal hundert Leute gekommen, und man hatte den ohnehin schon kleinen Saal nochmals zur Hälfte abgehängt. Es war wie in einer Kneipe, rechts gab es ja auch tatsächlich einen Tresen, an dem ausgeschenkt wurde.

Etwa fünfzehn Jahre zuvor hatte ich ihn ebenfalls in Düsseldorf gesehen, allerdings mit einer großen Band, Bläsern, Chor, allem eben, auch sein legendärer Gitarrist, dessen Namen ich vergessen habe, ein kleiner, unscheinbarer Mann, der unglaublich spielte, war dabei. Damals war der Saal brechend voll.

Ich war mit meiner Freundin Nina und einer Malschülerin da. Ich wusste nicht, dass DeVilles Frau auch Nina hieß.

Eigentlich wollte meine ehemalige Freundin Nina zu dem Konzert in *Tor 3* mitkommen, es kam aber etwas dazwischen, ihr Sohn war schwer krank.

Sie hatte mich auf das Konzert aufmerksam gemacht, die Karten besorgt, und als ich sie abholen wollte, war sie vollkommen verzweifelt.

>>Der Kleine hat Krebs<<, sagte sie tonlos, >>mein Mann dreht total durch.<<

Es verschlug mir die Sprache.

Nina stand in dem milchigen Wohnungslicht, als sei es für alle Zeiten vorbei mit allen Konzerten, und als sei der Krebs wie eine Bombe eingeschlagen, und der Krebs, der alles auf den Kopf und in Frage stellte, machte sich als Vielfraß in dem kleinen privaten Leben breit. Und so war es ja auch.

Sie reichte mir die Tickets, und das Wort Krebs verband sich mit dem aufgedruckten Willy DeVille der blass-blauen Karten.

So zogen wir, mein Freund Almo, meine Schwester, eine glücklose Sängerin, die Dragana hieß, und ich los.

Das Konzert war besonders, es war anders, es war erschreckend gut.

Vor jedem Lied trank DeVille zwei Glas Weißwein schnell, eins langsam und rauchte eine Zigarette nach der anderen.

Man rechnete damit, dass, wenn es so weitergehen würde, er den Faden verlieren würde. Manche im Publikum schienen auf ein Desaster zu lauern. Und manchen lief ein wohliger Schauer über den Rücken, soviel Abgrund für sechsundzwanzig Euro, da konnte man sich nicht beklagen.

Es war so eine Sache mit den so genannten Fans, ich hatte immer das Gefühl, dass so etwas schnell umkippen konnte.

Dass er betrunken war, merkte man nur in den kleinen Pausen zwischen den Nummern, dann sprach er ins Publikum, anzüglich und frech wie ein Straßenhund, machte unverständliche Scherze, lallte. Kaum setzte die Musik ein, war er hoch konzentriert, und niemand wäre auf die Idee gekommen, dass er schwer einen in der Krone hatte.

Bei *Heaven Stood Still* stockte den Leuten der Atem. DeVille sang dieses Lied, als habe er einen Schmerz in sich, den wir nur aus den dunkelsten Filmen kannten und gar nicht mit uns selbst in Verbindung bringen konnten.

Wir standen wie kleine runde Kinder vor diesem düsteren Mann mit der unerfüllbaren Sehnsucht.

Fünfzehn Jahre vorher glich sein Konzert eher einer Party, DeVille in schicken Kostümen, und mit einer

Latinofrisur, nicht wie jetzt mit langen schwarzen Haaren, die ihn eher wie einen Indianer aussehen ließen, die große Band, DeVille wechselte die Gitarren im Flug, das Mikro geschmückt mit zwei, drei Rosen, viel Theater, viel Show, das Publikum raste.

Jetzt betrachteten wir diesen fremden Mann beklommen.

Er nahm einmal eine Gitarre entgegen, und als er spielte, hörte man die Betrunkenheit seiner Riffs. Er hatte seine Stimme im Griff, nicht aber seine Hände.

Angels Don't Lie, Loup Garou, Bal Goula , My One Desire (Vampire's Lullaby), Time Has Come Today, Spanish Harlem, dann seine *Hey Joe*-Interpretation, all seine Lieder, ich hatte sie beim Malen unzählige Male gehört, in all den Jahren immer wieder. Und als er sein fünfundzwanzigjähriges Bühnenjubiläum gab, da hatte ich fünfundzwanzig Jahre lang Willy DeVille beim Malen gehört.

Der Abend mit dem *Willy DeVille Acoustic Trio* war puristisch, streng, schwarz, unerbittlich. Es gab keinen Zweifel, dieser Mann schien mehr zu wissen von der Liebe, der Vergeblichkeit, der Freude, dem Überschwang und dem Tod als wir alle zusammen.

Dann war Willy DeVille wieder da, stand im Raum, schaute im Atelier vorbei, leistete mir Gesellschaft beim Trinken, immer, wenn ich nach seinen CDs griff. Und immer funktionierte dieser Austausch. Er gab vor, und ich gab nach.

Nur in der Nacht seines Todes war ich mit anderen Dingen beschäftigt.

Und ich spürte auch nichts, gelegentlich wartete ich auf eine neue Veröffentlichung, nie hätte ich es für möglich gehalten, dass er todkrank war.

Als ich aktuelle Fotos von ihm sah vor wenigen Monaten, war ich befremdet wegen seiner neuen Tätowierungen im Gesicht und dem Irokesenschnitt, und als ich
Videos von neuesten Auftritten sah, bemerkte ich eine
ungeheure Kraft, die etwas Krankes und Gehetztes hatte und eine große Verzweiflung, er schleuderte dreckig
sein *Demasiado Corazon* ins Publikum, er schien auf gar
nichts mehr Rücksicht zu nehmen, und *Italian Shoes*
wirkte monströs und absurd.
Er sah aus wie Robert de Niro in *Taxi Driver*.

In der Nacht, in der Willy DeVille starb, hatte ich wie
immer in den letzten Monaten bis frühmorgens geschrieben und mir den Liter Wein aufgeteilt.
Erst in der Nacht danach erfuhr ich von seinem Tod.

Wenn ein Bruder wie Willy DeVille starb, wurde die Si-
tuation allmählich heikel. Was waren schon neun Jahre,
und doch, die Party ging zu Ende, das war zu spüren.
Und sie ging zu Ende für immer.
Ich legte mich benommen neben meine schlafende
Frau.
Zum Glück wachte sie kurz auf und fragte mich, was los
sei.
>>Willy DeVille ist tot<<, sagte ich leise.
Dann legte sie ihre schmale Hand auf meinen großen
Bauch, die Gardinen flatterten in der schwülen August-
nacht, der Hund seufzte einmal auf, und ich fiel in einen
schweren Schlaf.

Kleine Tode

Hi Herko,
Ich schreib grad Sachen für ein Magazin, keine Ahnung, ich glaube, es ist Scheiße, hier mal, was ich heute geschrieben habe:

„Es gab etwas wie kleine Tode, es waren diese Erschöpfungszustände vor der Staffelei. Andere Menschen würden es schlicht Müdigkeit oder Verausgabung nennen. Ich habe diese Zustände immer wie die Nähe des Todes empfunden, kurz, mild, viel versprechend in der völligen Desillusionierung. Ging man nur tief genug in die Einsicht der Wunschlosigkeit, die hinter allen Wünschen lag, fühlte man sich fast körperlos. Man saß vor der Staffelei, und es reichte einem, dass nichts geschah, dass nichts gemalt wurde. Die Betrachtung einer weißen Leinwand konnte glücklich machen, die Freiheit, eine Aussage eben nicht zutreffen, ebenfalls. Ging man gegen den kleinen Tod an, konnte es schlecht ausgehen. Einmal tat ich es, und der Schweiß brach mir aus, und dann war ich nass, als sei ich gerade unter der Dusche hervorgekommen, und es hörte nicht auf. Meine Malschülerin, die dies mitbekam, wusste darauf keine Antwort. Sie war Medizinstudentin, aber diese Situation machte sie ratlos. Der Schweiß rann an mir herab von oben bis unten, und dies unentwegt, mehr als eine Stunde lang. Ich bin froh, eine Zeugin gehabt zu haben, denn ansonsten würde ich die Geschichte mit dem Schweiß für eine Einbildung halten.*
Ich war immer todkrank und gleichzeitig von strotzender Gesundheit.
Kleine Tode erlebte man auch, wenn man emotional am Ende war, wenn das Hirn sich selbstständig machte und man das Grübeln fast gewaltsam anhalten musste. Die kleinen Tode sind nicht wie der große Tod, denn der macht was er will. Die kleinen Tode sind Gottes schwarze Engel. Der große Tod ist Gottes Einladung. Gott schlägt dann das Lebensbuch zu.“

Weiß noch nicht, wie es weitergeht, vielleicht lass ich es auch einfach.

Ich hielt den Brief in meinen Händen und schaute ins Tal. Meine Frau und ich hatten uns ein Ferienhaus im Tessin gemietet, um abzuschalten. Ich malte ein wenig im Garten, und heitere Bilder lehnten an den Bäumen, um zu trocknen.
Ich war verwundert, dass Zeno mir geschrieben hatte, mir war auch völlig schleierhaft, woher er meine Urlaubsadresse hatte.
Zeno und ich hatten gemeinsam Kunst studiert, und als ich meine Frau Ilka heiratete, verloren wir uns aus den Augen. Unsere Leben waren sehr verschieden geworden. Während ich mit viel Glück eine Dozentur an einer Fachhochschule ergattert hatte, hetzte Zeno von Atelier zu Atelier, war überhaupt nicht an einer Anstellung, nicht mal an Jobs interessiert und finanzierte sich, ja wie eigentlich? Ich wusste es nicht. Er verkaufte seine Arbeiten, aber er hatte dennoch ewig Schulden. Auf meiner Hochzeit war er vollkommen betrunken, danach sah ich ihn viele Jahre nicht mehr.

Keine Angst, mein Lieber, ich komme nicht zu Deinem Geburtstag. Mittlerweile hasse ich Geburtstage, das kann ich Dir sagen. Weißt Du noch, wie wir uns als Studenten gesagt haben, mit dreißig müssen wir es geschafft haben? Was für ein naiver Wahnsinn! Mit fünfzig sieht das schon anders aus, aber ich denke, es gibt nichts zu schaffen. Ich habe mittlerweile tausendfünfhundert Ölarbeiten hier rumfliegen, aber ich habe keinen einzigen Freund, seltsam nicht wahr. Sag jetzt nicht, dass Du mein Freund bist. Du warst es, mal, und deswegen schreibe ich Dir auch. Es ist völlig in Ordnung, dass wir verschiedene Wege genommen haben. Du weißt, ich könnte nicht mit einer einzigen Frau leben. Bei mir funktioniert das nicht. Festanstellung auch nicht. Ich lebe zurzeit mit einer kleinen Fixerin zusammen, die einen guten Musikgeschmack hat und mir nicht reinredet. Ich rede ihr die Drogen nicht aus, denn dann würde sie vielleicht auch anfangen, in mein Leben reinzureden. Soll sie fixen, es gibt Schlimmeres. Sie ist erst sieb-zehn, da brennt man ja noch.

Ich fragte mich, ob Zeno langsam den Verstand verlor.

Ich schreibe Dir, weil Du der einzige Arsch bist, den ich kenne, der dieses Jahr genauso wie ich fünfzig wird. Ich geh in die Altersarmut, sage ich Dir, ich werde nie versorgt sein. So ein Dreck, ich lebe wie ein Zigeuner. Meine Familie würde sich im Grab umdrehen, wenn sie wüsste, in welchem Dreck ich lebe und wie ich hause. Aber die Arbeiten gefallen mir, ich denke, ich habe genau die Bilder gemalt, von denen ich immer geträumt habe. Ich stelle mir vor, dass es bei Dir genau umgekehrt ist.

Ich schluckte und sah mein kleines Stillleben in der Sonne glänzen. Ilka war in der Küche und bereitete einen Salat zu, denn ich hatte mich zu einer Diät entschlossen. Fast wöchentlich suchte ich meinen Arzt auf, der mir hilfreiche Tipps gab. Krank war ich nicht, nur etwas abgewirtschaftet. *Sie können leicht über achtzig, wenn nicht neunzig werden, wenn Sie etwas an Ihrer Lebensweise arbeiten,* hatte er gesagt.
Gut, mein Talent war begrenzt, ich wusste das und hatte mich längst damit abgefunden, aber das Glück des Lebens lag für mich in ganz anderen Dingen, Gesundheit zum Beispiel, meiner Ehe, unseren Urlauben, meinen Kollegen, unserem kleinen Haus daheim.

Du bist vielleicht eine Pfeife, weißt Du eigentlich, dass ich auf Dein Talent damals neidisch war? Dir ging alles so leicht von der Hand. Und dann hast Du es verloren, ich glaube, weil Du zuviel Schiss hattest.

Seit meiner Musterung hat mich kein Arzt mehr gesehen, aber jetzt denke ich, dass ich vielleicht schon lange krank bin, gerade weil ich nichts habe, verstehst Du? Aber meine Kleine holt mich schon zurück auf den Teppich. Stell Dir vor, sie hält mich für einen Spießer! Nur weil ich mir ihr Zeugs nicht spritzen will. Die Trinkerei reicht mir vollkommen, na, was soll's. Herko, du Penner, was ist bloß aus unserer Freundschaft geworden?

Ja, ich habe bald Geburtstag, unsere Geburtstage liegen ja nur zwei Tage auseinander, das war gut damals - zwei Geburtstage, eine große Party.

Ich male dauernd, aber ich habe immer noch viel Zeit und Kraft, deswegen schreib ich das Zeugs wie oben über kleine Tode und so. Ich schenk mir zum Geburtstag meinen eigenen Roman, hab ihn vor ein paar Wochen fertig geschrieben. Keine Sorge, Du kommst nicht drin vor, will ja nicht, dass sich Deine Studenten nass machen. In meinem Geburtstagsroman komme ich übrigens auch nicht vor. Und die Malerei ebenso wenig. Das ist ja gerade das Geschenk.

Ich brach meine eiserne Regel und zündete mir eine Zigarette an, die ich hektisch aus der Schachtel für Besucher gefingert hatte.

>>Schatz, muss das sein?<<, rief Ilka aus der Küche. Das Klicken des Feuerzeugs hatte schon gereicht, um sie zu alarmieren.

>>Ausnahmsweise, Liebling<<, antwortete ich und las verschämt weiter:

Das Geschenk besteht für mich darin, dass in meinem eigenen und ersten und vermutlich letzten Roman nichts vorkommt, das mit mir zu tun hat, und dass ich auf diese Weise vielleicht alles über mich sage.

Meine Kleine sagt mir jeden Tag, dass Bücher sie nerven, ist das nicht auch irgendwie wieder witzig?

Na gut, mein Lieber, wann hast Du eigentlich die Rente durch? Nichts für ungut, ist vermutlich mein Neid auf feste Bezüge.

Hier ein Foto von Kiki und mir im Atelier.

Ich traute meinen Augen nicht:
Zenos langes weißes Haar war zum Zopf gebunden.
Der früher so schlanke Freund war ein Koloss von mindestens hundertfünfzig Kilo, und neben ihm hockte ein spärlich bekleidetes, dürres Kind mit Tätowierungen auf den Oberarmen und stark geschminktem Gesicht. Das Atelier ein einziges Chaos. Auf der Staffelei im Hintergrund sah ich eine große Leinwand, Figuren vor einem Wald, es war hinreißend, streng, großartig, es war ein Meisterwerk.

>>Was schreibt Dein Freund denn?<<, fragte Ilka, als sie die Salatschüssel auf den Tisch stellte.
>>Oh, ja, er...<<
>>Warte, ich hab das Dressing vergessen, ich komme gleich.<<

Herko, alter Sack, schade, dass wir nicht wie früher unsere Geburtstage zusammen feiern, aber vielleicht schaffen wir es an unserem sechzigsten.
Jetzt werde ich mal weiter schreiben an den "Kleinen Toden".
Grüße an Deine Frau, die große Strenge im Hintergrund.
Pinsel hoch!!
Zeno

Als meine Frau zurück an den Tisch kam, raste mein Puls, und ich bat sie, rasch das Messgerät zu holen.
Ilka wartete konzentriert auf die elektronische Stimme, und während mein Blick trübe über den Rosengarten glitt, brach ich plötzlich in Tränen aus.

You are about to delete this post

Eines Tages kam meine Frau auf die Idee, unser Atelier-
leben, unsere Ansichten und unsere Arbeit auf *WordPress*
zu verbreiten. Ich stieg sofort begeistert ein. Ich muss
zugeben, dass meine Frau eher aufgab als ich.
Das mit *WordPress* war vor zwei Jahren.
Die Verbreitung glich eher einer Flaschenpost, die man
in das Meer der Virtualität warf.
Sah ich mir die *WordPress* Statistik an, dann sagte ich
mir, dass ich mit einer Amazon-Buchverkaufsrang-
Nummer 535.514 fast besser bedient war.
Meine Naivität, Texte zu verfassen, um sie zu posten,
machte mich nun verlegen.
Ich fragte mich nicht, wer alles angesichts meiner Texte
die Hände über dem Kopf zusammen schlagen würde,
Kunsthistoriker wären bestimmt die ersten, meine Bekannten die nächsten. Ungewollt war ich zum Klug-
scheißer geworden, alles klang irgendwie hochnäsig,
belehrend und anders, als ich war.
Und doch gab es auch gute Momente, in denen ich
mich wie Céline fühlte, als er Briefe und erste Schriften
1916 bis 1917 in Afrika verfasste.
Und die Texte zeigten mir außerdem, wie stark ich meine Frau liebte.
Da die Texte kaum gelesen wurden, hatten sie ihre Intimität behalten und mich verschont, belächelt zu werden.
Das Experiment, in der virtuellen Welt eine Kommunikation herzustellen, schien mir gescheitert. Der Versuch
aber war es dennoch wert.
Nur eines machte mir keinen Spaß mehr:
so zu tun, als schriebe ich einen Deutschaufsatz.
Ich war ja auch viel zu alt dafür.

Meine Kommunikationsversuche waren nun etwas anders geworden.

Ich ließ die Worte weg und die gelegentlichen Äußerungen wurden reine Fotoposts, und ich erklärte nicht mehr Dinge, die niemand erklärt haben wollte, ich selbst am allerwenigsten.

Aber eines wusste ich zumindest: van Gogh hätte die paar unschuldigen Texte gemocht, und auf jeden meiner Texte hätte er mit zehn eigenen geantwortet.

Der Künstler ist immer nackt, selbst wenn er bekleidet ist

Es gibt *nude performances* schon lange. Das *Frühstück im Freien* von Manet war als eine bürgerliche Inszenierung mit naturistischer Überziehung bereis eine Art *nude performance*. Möglicherweise hätte Manet in unserer Zeit Gefallen daran gefunden, Das *Frühstück im Freien* lediglich zu inszenieren, statt es als bildnerisches Ergebnis zu manifestieren.

In den sechziger Jahren wurden diese Performances häufig und gesellschaftsfähig. Bei einem Akademierundgang der Kunstakademie Düsseldorf 1981 fand eine *nude performance* in der Klasse Heerich statt, typischerweise unbekleidet für die Presse, bekleidet für die Besucher.

Heute gibt es Massenperformances, wie die von Spencer Tunick, allerdings haben diese Körperinstallationen weit weniger mit solitären *nude performances* wie denen von Vanessa Beecroft oder Ewa Partum, die ihre *nude performance Self-Identification* 1980 in der Mala Gallerie in Warschau aufführte, zu tun.

Die Videoarbeit *In another world* der rumänischen Künstlerin Ioana Luca ist eine mit der Kamera aufgenommene *nude performance*, die auf personifizierte Öffentlichkeit in Form von anwesendem Publikum verzichtet und die Veröffentlichung als *non-comercial-project* in die Anonymität des Internets stellt. Nacktheit wird hier aufgezeigt als Kommunikationsangebot an den vollkommen fremden Betrachter. Intention dieser Arbeit ist unter anderem, Abgrenzungen aufzuweichen, Klischees zu entkräften. Der arglose Wurf in die Anonymität widerspricht jeder Ambitioniertheit. *Ich bin großzügig, daher verschenke und versende ich meine Nacktheit*, heißt es in dieser Arbeit. Und auch *Der Künstler ist immer nackt, selbst, wenn er bekleidet ist*, ist er physisch nackt, unterstreicht diese Nacktheit seine Authentizität, die immer Grundlage jeder künstlerischen Arbeit ist. Öffnet der Künstler die Türen seines Ateliers, so ist er sofort nackt. Der Besucher ist es nicht. Auf jeder Vernissage ist der einzige Nackte der Künstler. Diese Nacktheit ist seine Bedingung und seine Wahl. Daher spielt die dargestellte Nacktheit in der bildenden Kunst eine übergeordnete Rolle und nicht etwa, wie angenommen wird, aus ästhetischen Gründen, zumindest in wahrhaftiger Malerei, Bildhauerei usw. nicht. Oftmals wurde die eigene Nacktheit in der bildenden Kunst der Kunstgeschichte und auch in der zeitgenössischen Kunst projiziert auf ein Modell.

Es gibt weit verbreitete Klischees von dem Begriff *Maler und Modell*. Ein Künstler kann selbstverständlich mit Modell arbeiten, im Grunde braucht er jedoch keines. Er ist sich selbst Modell. Eines der Fotos von Ioana Luca trägt bezeichnenderweise den Titel: *Ioana Luca as her own model*. Alles ist dem Künstler Modell, daher ist er, es klingt widersprüchlich, ist es aber in Konsequenz nicht, vollkommen modellunabhängig. Er erfährt genügend Nacktheit aus sich selbst heraus. Ein starker Künstler ist in seiner Arbeit immer auch und ebenfalls unabhängig von Sexualität, Vulgarität und sensueller Sentimentalität. Frei von Körperkitsch. Weit entfernt von erotischem Allerlei, süßlicher Erregtheit.

Anders als *In another world* geht die *nude performance Lost in my room* von Ioana Luca einen Schritt weiter, diese

Performance bestreitet sie alleine in ihrem Atelier. Der ursprüngliche Titel lautete *Busy beeing lonely* – ein rastloser Mensch geht scheinbar ziellos in seinem Atelier auf und ab, seine Nacktheit ist die Ratlosigkeit, die Inspirationsbereitschaft, das Abwarten kreativer Schübe und die zunächst (weil sichtbar) situative Vereinzelung. Die physische Nacktheit unterstreicht die permanente Verletzbarkeit und andererseits die unermüdliche Kommunikationsbereitschaft des Künstlers. Der Künstler 2007 unterscheidet sich in nichts von dem Künstler 1907 oder 1807. Die Rolle der Nacktheit in der Gesellschaft hat sich jedoch extrem gewandelt, weit mehr als die Rolle der Nacktheit des Künstlers und die Bedeutung der Nacktheit in der bildenden Kunst generell.

Was darf ein Künstler? wird oft und immer wieder gefragt. Die Antwort ist einfach: Er darf, innerhalb seines Kunstschaffens und was die Aussage seiner kunstschaffenden Persönlichkeit betrifft, alles. Er darf alles, außer mittelmäßige Aussagen zu veröffentlichen.

Darf er öffentlich nackt sein? Ja, das darf er, er hat sowieso keine Wahl, denn er ist immer nackt.

Darf er sich nackt der Gesellschaft präsentieren? Ja, er sollte es sogar. Vor allem der, in der er lebt, die er beschenkt und die ihn ernähren sollte.

Öffentliche Nacktheit gerät bei Menschen mit sexueller Motivation oder Darstellungszwang zu plattem Exhibitionismus, der mit künstlerischer Arbeit gar nichts zu tun hat. Seine Aussage bleibt flach, langweilig und lästig. Öffentliche oder veröffentlichte Nacktheit, wenn sie nicht von Naturismus, Sport oder Urlaubsverhalten handelt, kann nur eine politische Haltung unterstreichen (Protestversammlungen, Hinweise auf Missstände etc.) oder durch den Künstler zu einem sofortigen Kunstergebnis werden. Der Künstler ist immer nackt, so wie er ebenfalls immer arbeitet.

Der nackte Künstler ist vollkommen unabhängig. Seine Kunst ist ebenso wie seine öffentliche und zur Veröffentlichung freigegebene Nacktheit befreit, zwangsbefreit.

Er verweist mit seiner exemplarischen Nacktheit auf die Nacktheit aller Menschen. In vielen Fällen erhält der Künstler als Gegengeschenk, denn von Gegenleistung sollte man nie sprechen, da Geldwerte für Kunstwerke völlig unzureichend bleiben, ein kleines Erschrecken, ein unmerkliches Zurückweichen, vor allem aber die Gewissheit, die Sehnsucht nach umfassender Befreiung, die den meisten Menschen innewohnt, belebt zu haben. Da der Künstler unserer Tage (selbstverständlich aller Zeiten) und in unserer Gesellschaft (in den meisten Gesellschaftsformen) äußerst isoliert und einsam arbeitet, wird er eine gesellschaftliche Ächtung und Abmahnung, falls sie innerhalb der allgemeinen Indifferenz überhaupt entstehen und erfolgen sollte, kaum bemerken. Da Einsamkeit eine weitere Notwendigkeit für künstlerische Arbeit ist, würde jedes Zurückweichen der Gesellschaft vom Künstler ohnehin kaum registriert werden.

Der nackte Künstler gilt als abgedreht, schrullig, Männer oder Frauen mordend, als übersexualisiert, als schamlos. Alles falsch. Er ist eine Landschaft, in der sich gut spazieren gehen lässt, nicht mehr und nicht weniger. Er signiert jedes Bild selbstverständlich, jedes Porträt, jeden Akt, und er signiert seine Nacktheit wie andere ihren Personalausweis.

You are sure about to delete this post? Cancel to stop, OK to delete.
Ich klickte *OK.*

Positur des Modells, unangemessene Situationen für Maler sowie Modelle

Für mich stellt sich die Frage, ob wir als Maler wirklich Modelle benötigen, und warum die Kunstakademien so zeitvergessen an diesem Anachronismus festhalten.

Die Problematik des Malers ist der Umgang mit Stille, seine Aufgabe Selbstreflektion im Anderen, Welt-Reflektion, Seins-Reflektion, nicht das Abmalen des Bekannten. Es gibt keinen nackten Körper mehr, denn alle Körper sind stets nackt. Siehe Prof. Gottfried Bammes. Sehe ich einen bekleideten Menschen, so ist er, ist mein Auge geschult, bzw. mein Sehen geschärft, gleichwohl unbekleidet, und ist er dies, erfasse ich sein Wesen fast ungewollt. Verkleidung ist wegzulassen, ebenso wie Klamauk und Süßigkeit.

Mehr als ein Modell braucht der Maler eine gute Musikanlage, fehlende Nachbarn, ein oder mehrere Rauschmittel, eine gewisse Unabhängigkeit von der Banalität des Alltags.

Sicher gibt es auch Maler, die all dem dennoch ein Modell vorziehen.

Die Situation zwischen Maler und Modell kann profan sein wie das Einkaufen an der Tanke. Im Übrigen schockiert mich die Modellbezahlung an der Akademie.

Solange es keinen inhaltlichen Zusammenhang zwischen der Arbeit des Posierens und der des Zeichnens oder Malens gibt, also solange es nur ein Scheinzusammenhang ist, ein künstlerischer Aktionismus und eine Modellgewohnheit aus Fantasielosigkeit, solange es so ist, sollten beide, Modell und Maler darauf verzichten, sich dieser Situation auszusetzen.

Es gibt diese süßlichen Legenden, *Maler und Modell, Muse und Maler.* Alles Schnee von gestern, und wahrscheinlich war es dies schon immer. Vermutlich wollten die Maler

vor allem etwas Gesellschaft bei ihrem einsamen Tun.
Warum aber machten es die Modelle?

Nehmen wir Jörg Immendorff.

Er beschreibt in seiner Selbstdarstellung die Beziehung
Maler und Modell sofort als eine künstliche Situation,
ironisch und als Situation der Atelier und der Selbst-
beschreibung und nicht als Situation der Arbeit, damit
bezieht er Stellung zum Anachronismus der Arbeitsbe-
schreibung: Maler und Modell, schon erst recht Maler
und Muse.

Wenn Muse, wenn Modell, dann nur in Form von Inter-
pretation, Übertragung und Vorschüssen auf die weiße
Leinwand eines neu zu der Persönlichkeit des Künstlers
hinzukommenden Menschen als Kommunikationspart-
ner.

Das wusste Jörg Immendorff natürlich. Selbstverständlich wusste dies Pablo Picasso ebenfalls, auch er ging in
seiner Arbeit ironisch mit dem Begriff Maler und
Modell um, zynisch bisweilen, da er wusste, dass der
Maler immer die volle Verantwortung für diese Veranstaltung übernehmen muss, während das Modell sich
fast beliebig vergibt und es ihm meistens auch egal ist,
wie es dargestellt wird, was sich darin zeigt, dass gewisse
Eitelkeiten einige, wenn auch fragwürdige Wiedererken-
nung fordert.

Maler und Modell, das ist ein derartiger Kitsch wie das
vietnamesische Mädchen, dass sich in den amerikanischen Soldaten verliebt (*Zuzie Wong* z.B.) usw.

Maler und Modell, das kann auch anders aussehen: Hans
Hartung, der mit dem Rollstuhl über die ausgerollten
Leinwände jagt, Salvador Dali, der seinen Schildkröten
Schühchen anzieht und sie durch die Farbe laufen lässt,
Jules Pascin, der es krachen lässt mit seinen Modellen,
einfach weil ihm vermutlich der ganze Unsinn des Mo-
dellmalens bewusst war.

Ein Maler braucht eigentlich kein Modell. Er hat ja sein Denken und seine Imagination. Er braucht kein Modell, er braucht Stimulation, um Übertragungen zu ermöglichen. Hier geht es weniger um Tatsächlichkeiten, sondern um Möglichkeiten, daher ist dem Maler alles Modell und somit gleichzeitig nichts Modell, da der Begriff Modell unzureichend ist, sowie Situation Maler und Modell immer für beide unangemessen bleibt.

Das Modell ist keine Sache und der Maler kein Dienstleister für irgendwelche Eitelkeiten, eben sowenig für beschönigenden Außenseiterkitsch, Alltagsverzerrung und soziale Kumpanei im Sinne des bürgerlichen Verständnisses.

Das Modell und der Maler als Liebhaber, das ist nur der erhöhte Kitsch der ganzen geistlosen Legende.

Malerei ist Psychologie, Philosophie, Sexualität und Musik in einem einzigen und permanenten Vorgang, also frei von Einzelgeschichten und frivolen Episoden, die so langweilig wie auswechselbar sind.

Wenn man sich freiwillig in die Banalität der Maler-Modell-Situation begibt, hat man keinen Anspruch auf Wahrheit und erst recht keinen auf ein gutes Ergebnis, man hat lediglich Anspruch auf Langeweile und Leere.

Ein Maler arbeitet immer, daher braucht er kein Modell, denn alles ist ihm Modell. Sein bestes Modell ist sein eigener Kopf. Sein Denken erweitert jede Modellmöglichkeit.

Jeder Mensch, so vermute ich, jeder Mensch, selbst der, der nicht künstlerisch arbeitet, hat ein ganzes Programm von Genre-Ansichten im Kopf, von den obligatorischen drei Äpfeln mit ein paar Trauben und einer Zitrone bis zu der nordischen oder südlichen Landschaft, den amerikanischen Blocks, dem Donaudelta bis hin zu den Tänzerinnen aus Sankt Petersburg. Da sollte doch zumindest der künstlerisch arbeitende Mensch einfach nur aus sich selbst heraus arbeiten. Und auf Modelle verzichten, es sei denn, die Modelle sind selbst künstlerisch arbeitende und künstlerisch denkende Menschen. Maler als Modell und Modell als Maler geht natürlich. Siehe Camille Pissarro und Paul Gauguin, vereinigt auf einer Zeichnung. Oder Camille Claudel und Auguste Rodin.

Maler und Modell, das ist was Süßes aus dem bürgerlichen Buch der Legenden, mit dem die Maler selbst immer ironisch umgegangen sind und sich nicht um die Folgen gekümmert haben. Sicher, der Fotograf braucht ein Modell, der Maler jedoch nicht. Eben sowenig wie der Schriftsteller oder der Musiker, denn sie brauchen nur Projektionsflächen und Assoziationspersönlichkeiten und Assoziationswelten.

Ein Maler braucht weder ein Modell noch eine Farbenlehre, denn er hat dies alles immer schon formuliert in sich selbst.

Natürlich braucht ein Maler auch keine Akademie. Dies wissen selbstverständlich alle Akademieprofessoren und Dozenten. Kunst ist nicht lehrbar.

Die Akademie ist eben wie das Modell eine Projektionsfläche und eine Kommunikationsmöglichkeit, die Akademie wesentlich stärker natürlich als ein Modell, das eigentlich jede Kommunikation ausschließt.

Gauguin hat die Kunsthistoriker zur Verzweiflung gebracht, er machte den Begriff Modell absurd, indem er Postkarten abmalte und Modelle erfand. Darin aber zeigt sich eigentlich künstlerisches Genie.

Die Erfindung des Modells als authentische, biografische Begegnung und Bedeutung, darin zeigt sich künstlerische Größe, alles andere ist unheilbare Volkshochschulrealität.

Delete? OK

Vernon Trent war mir unbekannt, was nichts bedeutet, da ich Maler bin und mich nur beiläufig mit Fotografie beschäftige. Zunächst sah ich, vollkommen zufällig, Arbeiten von ihm, Naturlandschaften mit verschwindend kleinen Akten. Diese Fotos waren verstörend, da sie alle Gesetze des Bildaufbaus auf den Kopf zu stellen schienen und gleichwohl meisterhafte Kompositionen waren. Ich entdeckte Gitarre spielende Hände, nichts Neues, aber hier sehr und auch sonderbar beseelt. Dann einige Porträts, darunter auch zwei Selbstporträts, hintergründig, man könnte sagen: ironisch, aber das trifft es nicht, eher augenzwinkernd. Sich selbst augenzwinkernd in Szene setzend, vielmehr das Selbst wie einen Nebensatz formuliert in einer kurzen, straffen Erzählung.

Sein Gesicht wirkt nicht ausschließlich heutig, es entspricht seinen Arbeiten, die zeitlos wirken, Zeitsprünge zu machen scheinen, sich vollkommen jeder Mode, vielmehr allem Modischen entziehen. Seine Arbeiten sind Erzählungen von Menschen. Er entmodellisiert seine Modelle, er lässt sie erzählen, allerdings seine eigene Geschichte, teils jedoch in ihren eigenen Worten. Das ist nicht sofort zu erkennen: Vernon Trent spielt mit Zeitlauf und seiner statischen Entsprechung und mit Authentizität, indem er sie gegenformuliert. So etwas kenne ich eher aus der Sprache der Musik.

Man könnte und sollte sein Werk umfassend beschreiben, ergründen und vergleichend analysieren, das kann ich in diesem Text nicht tun. Auch seiner Biografie kann man in anderen Texten besser nachspüren. Zu seiner Technik kann ich nichts sagen, das können andere Fotografen weit kompetenter. Alles, was ich weiß, ist, dass er mit einer *Hasselblad* arbeitet, was soviel bedeutet wie etwa eine *ESP* für Gitarristen oder *Mussini* für Maler.

Ich lernte Vernon Trent so kennen, wie ich seine Arbeiten entdeckte: Er war plötzlich da, unleugbar, verblüffend und lebendig. Und wie in seiner Arbeit, seinem künstlerischen Prozess, bleibt nichts stehen, sofort geht es weiter: Schon bei unserem zweiten Treffen konnte ich Vernon Trent bei der Arbeit mit dem Modell Kate Taylor aus Arizona erleben.
Gelassen, unkompliziert, sein Modell behütend und gleichzeitig professionell in die Pflicht nehmend, ging er auf die neue räumliche Situation, in diesem Falle die meines Ateliers, ein, erfasste sie, statt sie beherrschen zu wollen, war er bereit, unerwartete Gelegenheiten wahr zunehmen, ohne von seiner ursprünglichen Konzeption abzuweichen. Mit anderen Worten: Es gibt übersättigte Kreativität, die mit spitzen Fingern nach Appetithäppchen greift und es gibt eine magenknurrende, den ganzen Körper erfassende Kreativität, die ganze Räume verschlingen könnte, und Vernon Trent hat genau diese Kreativität und diese Erzählwut.

Schon von seinen konzentrierten Blicken konnte ich ablesen, dass jede Effekthascherei, jede formale Albernheit, jede Übertreibung und jeder Dialekt sozusagen ausgeschlossen waren.
Mit ganzem Körpereinsatz, dem Modell Anweisungen gebend, Körperhaltungen vorführend wie ein Choreograf im allerbesten Sinne, zumindest wie ein Regisseur agierend, liegt er flach auf dem Boden oder kauert in einer Ecke oder an einer Wand, wartet, zielt und schießt. *Jeder Satz ein Treffer*, hätte Thomas Bernhard dazu gesagt, *so muss es sein*. Jeder Schuss eine Aussage, die kaum hinterfragbar scheint. Kaum ein Foto verloren, Vernon Trent zielt genau. Er komponiert, er findet

die Komposition während er durch die Kamera schaut, er konstruiert Kompositionen nicht im Nachhinein durch Beschneidungen und Bearbeitungen. Was er später bearbeitet entspricht eher einer Unterstreichung.

Als Maler interessiert mich die Technik der Fotografie wenig. Es wäre auch so, als wollte ich Fotografen von Pigmenten oder Pinselstärken erzählen. Wozu.
Woran man gute Maler ebenso wie gute Fotografen meistens erkennt, das ist wie zu allen Zeiten, das Gespür für ausbalancierte, nicht gefällige sei hier betont, Komposition. Eine ausbalancierte Komposition verträgt durchaus Störungen, Brüche und Widersprüche. Sie kann vieles aushalten, wenn sie stark ist, nur Zaghaftigkeit, Langeweile und Dilettantismus haben in ihr keinen Platz.

Vernon Trent hat ein untrügliches Gespür für Komposition, eine hohe Trefferquote. Er arbeitet zügig, streng und effektiv - gleichzeitig tut er dies lässig und freundlich. Der Umgang mit seinem Modell hat mir gezeigt, dass er ein Regisseur ist, der kurze Rücksprachen zulässt, Einstellungen erläutert und sich in sein Modell hineinfühlen kann. Er kann es sich leisten, einmal eine Weigerung hinzunehmen. Dies ist so geschehen und bemerkenswert unbedeutend geblieben. Dieser sichere Umgang mit Menschen drückt sich sofort in allen seinen Arbeiten aus: denn man kann nur festhalten, was man versteht. Und dieses Verständnis vom Menschsein und dem Menschlichen zeigt sich, wenn er den Menschen, wo und wie auch immer, in seiner Arbeit wiedergibt.

Wirkliche, das heißt authentische und somit starke, Künstler erkennt man oftmals daran, dass sie bescheiden sind, uneitel und immer ein wenig abwesend. Auch dies konnte ich beobachten: Nachdem Vernon Trent mit großer Konzentration eine beeindruckende Serie geschossen hatte an diesem Tag, kam etwas, was man für Erschöpfung halten konnte, im Grunde aber eine plötzliche Abwesenheit war. Ein Zeichen dafür, dass man notwendigen Abstand erzeugt. Dilettanten haben so etwas nicht und brauchen keinen Abstand, von was auch. Im Gegensatz zu Künstlern wie Trent sind sie zumeist laut und unverschämt und schnattern selbstverliebt. Vernon Trent schweigt in den richtigen Momenten. Dies tun seine Fotografien ebenfalls. Niemals sind seine Arbeiten geschwätzig, im Gegenteil: Sie bringen Aussagen auf den Punkt und schweigen dann.

Nähe und Distanz, das ist generell eine Schwierigkeit, wenn man auf Künstler trifft allemal. Und wenn man mit Modellen arbeitet erst recht. Vernon Trent beherrscht diese Problematik, und dies zeigt sich in seinen Arbeiten. Fast möchte ich sagen, seine Arbeiten handeln von Nähe und Distanz.

Nähe und Distanz auch zu sich selbst. Das ist Analyse. Seine Arbeiten analysieren beiläufig, daher auch spielerisch, offen und nicht manifestierend. Er ist ein Erzähler situativen Geschehens und menschlicher Situationen.

Als im Raum stand, ob und wann man sich wieder sehen würde, sagte Vernon Trent: *Bald, wir können ein wenig reden oder ein wenig zusammen schweigen.*
Und nicht mehr verspricht sein Werk: Man kann ins Gespräch kommen oder auf kommunikative Weise ein wenig verharren im Schweigen.
Dies versprechen seine Arbeiten und halten, man kann sagen für Vernon Trent typisch, weit mehr.
Ende des Textes.

Gut, ein Freundschaftsdienst, voreilig, übertrieben und sinnlos, den Text hätte ich mir sparen können.
Das Wort Freundschaftsdienst war auch falsch.
Also: *Delete!*

Kunstpunkte

Immer wenn die Kunstpunkte veranstaltet werden, muss ich an die Akademierundgänge denken. Die Zusammenhänge sind evident: beide Events finden in Düsseldorf statt, beide Veranstaltungen formulieren sich als Offene Tür und beide handeln ausschließlich von Kunst, beide sind bekannt, beliebt und werden als interessant empfunden.
Ein wesentlicher Unterschied besteht im Veranstalter und dem so genannten Hausherrn.
Die Akademierundgänge werden von der Hochschule für Bildende Künste veranstaltet, Hausherr ist Rektor Markus Lüpertz. Standpunkt Eiskellerstraße.
Veranstalter der Kunstpunkte ist das Kulturamt Düsseldorf, Hausherren sind 526 Künstler an 315 Standpunkten in Düsseldorf.
Den Standpunkt Kunstakademie gibt es seit 1773, während die 315 Standpunkte der Kunstpunkte bis auf wenige Ausnahmen flüchtig sind, Mietsachen, die ihr Gesicht schnell wechseln können, manchmal sogar zwangsversteigert, verkauft, verjubelt, vererbt werden. Punkte, die wie Lichter auf dem Rhein schwimmen, um es einmal schwülstig auszudrücken, während die Akademie ewig scheint.
Die Akademie ist alt und hatte viele Gesichter, viele Hausherrn, viele Studenten, die sich angezogen oder abgestoßen fühlten, zumindest war und ist die Kunstakademie ein zuhause, bevor die Reise für jeden Studenten weitergeht. Interessant wird das Künstlerleben tatsächlich erst nach der Akademie, da dann das Risiko

einsetzt. Es gibt viele Menschen, die ihren Namen automatisch in Bezug zur Kunstakademie setzen, jeder von ihnen empfindet die Akademie als seine Akademie. Daher gibt es verschiedenste Akademierealitäten. Man kann von der Akademie Joseph Beuys sprechen, ebenso selbstverständlich von der Akademie Norbert Kricke. Es war die Akademie von Arnold Böcklin, wenn er auch nur vier Semester in Düsseldorf studierte, es war die Akademie von Günther Grass, Heinrich Vogeler, Bertram Jesdinsky, Nam June Paik, Otto Pankok, Anselm Feuerbach, Immendorff, Günther Uecker usw. Die Namen sind endlos fortzusetzen und hier ungeordnet angeführt. Es geht einfach darum, zu zeigen, dass die KA Düsseldorf in der Biografie vieler Künstler eine Rolle spielte und spielt und jeder von ihnen eine ganz eigene Akademierealität erlebt und empfunden hat. Durch die Suspendierung Joseph Beuys, damals veranlasst von Johannes Rau, hat die Akademie eine große Beschädigung erfahren, durch die Unermüdlichkeit, die Kraft seiner Persönlichkeit und die große Liebe zu *seiner* Akademie, hat Jörg Immendorff der Akademie wie viele andere vor und neben ihm zu noch größerem Ansehen verholfen. Die Akademie ist nahezu unverwundbar, stolz, fast unabhängig, zumindest immer ein Haus der Hochbegabten gewesen und ist es ununterbrochen und unter Markus Lüpertz allemal. Im Ausland ist die KA Düsseldorf so bekannt wie keine andere Hochschule für Bildende Künste.

Dem Geist der Akademie entsprechend, kommt es nicht von ungefähr, dass sie als einzige Hochschule in NRW keine Studiengebühren erhebt. Dies ist, was die Entscheidungen anderer Hochschulen von NRW betrifft, durchaus erwähnenswert.

Die Kunstpunkte haben viel gemeinsam mit den Akademierundgängen. Man öffnet den Menschen, die nur zum Teil Sammler, Käufer und Galeriebesucher sind, die Tür, präsentiert Arbeiten, informiert, bietet Austausch, kommuniziert. Was die Qualität der Arbeiten betrifft, so setzt sich natürlich jeder Künstler einen eigenen Qualitätsmaßstab. In der Akademie wird die Auswahl der präsentierten Arbeiten mit den Professoren besprochen. Da das Kulturamt über keine Bewertungen verfügen kann und auch nicht darf, orientiert es sich richtigerweise lediglich an belegbarer Professionalität und hat darüber hinaus natürlich nichts mit den ausgestellten Arbeiten zu tun.

Ich habe an etwa sieben Akademierundgängen teilgenommen, Arbeiten ausgestellt. Da ich mein Studium 1985 beendet habe, habe ich nur noch ein paar Erinnerungen an die Rundgänge. Wie ich höre, wird heute weit mehr geworben als früher, verkauft ebenfalls. Als ich eingeschrieben war, wurde allenfalls unter der Hand verkauft. Ob und wie viel während der Kunstpunkte verkauft wird, entzieht sich meiner Kenntnis. Ich gehe davon aus, dass verkauft wird.

Ioana Luca und ich verkaufen während der Kunstpunkte, haben aber während der Akademierundgänge nicht verkauft.

Es gibt einen großen Unterschied zwischen Akademierundgängen und Kunstpunkten, der in dem Status des Studenten und der Realität des freischaffenden Künstlers besteht. Beide Veranstaltungen werden mit demselben Ernst und vergleichbarer Konzentration betrieben, als freischaffender Künstler aber, der die Intimität seiner Räume öffentlich macht, verfügt man jedoch eben nicht über den Schutz einer Institution und nicht über den Schutz des Kollektivs und seines Professors und oder seines Rektors. Man ist alleinverantwortlich. Man ist als Student zwar auch alleinverantwortlich für die Qualität und die Aussage seiner Arbeit, als freischaffender Künstler jedoch, der seine Arbeit in seinen Räumen und seine Räume darüber hinaus öffentlich macht, verfügt man über wenig Schutz. Dieses Risiko besteht, dieses Risiko geht jeder der 526 Künstler ein.

Dieses Risiko ist nicht einseitig. Der Besucher betritt, zwar eingeladen und willkommen, eine Privatheit, die, es liegt in der Natur der Sache, viel intimer ist als die Privatheit einer Wohnung. Falls der Besucher neugierig und umfassend interessiert ist, so besucht er, über übliche Empfehlungen hinaus, mal dieses, mal jenes Atelier. Sein Risiko besteht darin, dass er nicht weiß, was ihn erwartet. Ich spreche nicht von Qualitäten, die seinem Qualitätsanspruch widersprechen könnten. Von Qualität möchte ich gar nicht reden, da jedes Atelier, alle Arbeiten naturgemäß über Qualitäten verfügt und verfügen.

Ich denke an Kommunikationsschwierigkeiten, die auftreten können. Nicht jeder Künstler ist kommunikativ, nicht jeder Besucher ist es, nicht jeder Besucher kann Störungen auffangen, umwandeln, sein Gegenüber für sich einnehmen, sein Gegenüber öffnen. Der Besucher hat als Besucher zwar den Vorteil, Dauer seines Aufenthaltes selbst zu bestimmen, den Nachteil jedoch, dass er sich als Gast legitimieren sollte.

Es kann alles geschehen, der Besucher kann Arbeiten entdecken, die er sonst nicht entdecken würde, er kann interessante Gespräche über Kunst führen, die er sonst nicht oder selten hat. Genauso kann er natürlich Aufschneidern, Aggressiven, Betrunkenen, Moglern und geistigen Hochstaplern begegnen wie sonst überall auch. Ein Provinzler mit Hausmeisterseele gibt sich z.B. schamlos als *weltberühmt* aus, nennt erfundene Preise, redet den Besucher an die Wand, ein anderer schweigt abwesend und zeigt sich belästigt, ein besoldeter Pädagoge mimt den freien Künstler, all das gibt es und kann dem Besucher passieren. (all diese Schilderungen mögen übertrieben klingen, entstammen aber der Realität).

Das sollte ihn nicht abschrecken, es gibt von allem immer das Gegenteilige, neben jedem erfundenen Preis steht ein nachvollziehbarer, neben jedem Geschwätz gibt es ein gutes Gespräch, neben jeder Abweisung ein wirkliches Willkommen. Ohne einen gewissen Humor kann kaum ein Gast einen Künstler und kaum ein Künstler seine Gäste ertragen. Ohne Empathie und die Bereitschaft, sein Gegenüber wahrzunehmen, sollte man weder besuchen noch sich besuchen lassen. Das ist ja ohnehin allgemein bekannt.

Große Risiken, kleine Risiken. Der Besucher kann überwillkommen sein, dann eher Vorsicht, er kann mit Speisen und Getränken bestochen werden - in dem Fall sollte er seine Rolle überprüfen. Gibt es lediglich einen Händedruck und eine Tasse Kaffee, so ist das schon seriöser.

Was die Künstler angeht, so müssen sie mit den verschiedensten Arten der Annäherung rechnen. Das kann von verhinderter Annäherung, also Ignoranz, bis zu verbrüdernder Überschwänglichkeit gehen. Es gibt Gäste, die stolpern gegen Bilder, ohne sich zu entschuldigen, andere dagegen entschuldigen sich, den Künstler anzusprechen, obgleich der Besucher willkommen und der Künstler aufgrund Tatsache, dass er an den Kunstpunkten teilnimmt, selbstverständlich ansprechbar ist. Manche Besucher nehmen den so genannten Hausherrn, also den Künstler, gar nicht wahr und verwechseln ein Atelier mit einer Verkaufsbude, in der verhandelt und geschwatzt werden kann wie auf dem Aachener Platz oder einem beliebigen Ort. Auch das ist gewöhnungsbedürftig und zählt zu den Risiken dessen, der jedermann die Tür öffnet.

Es gibt in Düsseldorf keine Bohème, es gibt keine Besucher, die größere Posten Arbeiten erwerben, um sie ins Ausland zu bringen. Das gab es vor etwa hundert Jahren, in Düsseldorf ebenso wie in Paris.

Diese Veranstaltung hat nichts zu tun mit Partys, Ausschweifung, großen Gesten und großem Geschäft, an diesen zwei Tagen wird keine Kunstgeschichte geschrieben. Kunstpunkte ist eher eine bescheidene Veranstaltung und neben allem Positiven, das sie hervorbringt, genauso auch Ausdruck einer nüchternen, desillusionierten Zeit, in der Kommunikation schwierig, Begeisterung selten ist und Verkauf bemüht wirkt. Gleichzeitig sind die Kunstpunkte besonders und wertvoll, zumindest für Besucher, wie Künstler stimulierend.

Während des Akademierundgangs konnte man als Student einmal die Ausstellungsklasse verlassen, wenn man etwas Abstand brauchte, während der Kunstpunkte ist es den Künstlern nicht möglich, es sei denn , sie haben Bekannte oder Personal. Auch ein wichtiger Unterschied.

Ich kann nur alle Besucher ermuntern: Geht in die Ateliers, zeigt Euch vor allem gesprächsbereit, denn nur dann lohnt sich der Weg. Geht ein gewisses Risiko ein, Ihr werdet es nicht bereuen.

Delete? OK!

What it Takes ...to feel better

Was passiert, wenn dokumentierte Privatheit über die Unwesentlichkeit für die Allgemeinheit hinaus für einen selbst unbedeutend wird? Es gibt die Neigung, diesen Umstand zu ignorieren. Die banal gewordenen Zeugnisse bzw. Aussagen einer ausgeschöpften Zeit sind Fotos, die man unwillig anschaut, hastig durchgeblätterte Alben, die eher peinlich anrühren in ihrer buchhalterischen Verwaltung. Dieser schülerhafte Versuch, Zeit einzufangen, Freunde, Bekannte in Zuordnung zu bringen, die Jahreszahlen, die sich verheddern und selbst bei korrekter Nennung etwas Falsches auszudrücken scheinen.

Nichts ist langweiliger als die privaten Fotos anderer Menschen. Noch langweiliger sind natürlich die Urlaubsfotos anderer. Denn, kann man kaum die Alltagsrealität, die Alltagslebenssituation sozusagen anderer ertragen, so unmöglich, geradezu belastend kann es sein, anderer Menschen Versuche der Entspannung, Verstellung mitunter, Identitätsverzerrung teilhaftig zu werden. Voyeurismus hingegen ist etwas ganz anderes, freiwillig, erfrischend, manchmal boshaft, manchmal voller Lebenslust und verbunden mit Spaß. Das aufgenötigte Teilhaben an erledigten Urlaubsfreuden: unmöglich.

Neuen Freunden und neuen Bekannten alte Freunde und alte Bekannte zu zeigen - und Fotos führen oftmals unfreiwillig vor - das führt zu nichts Gutem.

Was also tun mit den unzähligen Privatfotos, die völlig anders als unzählige künstlerische Arbeiten aus gleicher Zeit, vollkommen unbedeutend, vollkommen aussagelos geworden sind? Selbstverständlich sind die Privatfotos von Künstlern ähnlich inhaltslos wie Privatfotos von Menschen, die nicht kreativ arbeiten.

Alte Fotos wegwerfen? Immer noch eine gewagte Sache. Umwandeln? Natürlich. Allerdings: manche, viele Fotos eignen sich nicht mal zu einer Übermalung, einer Collage. Viele Fotos sind oftmals nur noch viele Fotos, von einem selbst, von anderen. Und andere haben ebenfalls viele Fotos, die sich zu nichts eignen, am allerwenigsten zum Zeigen. Die eigenen will man erst recht nicht mehr zeigen und schon gar nicht sich selbst anschauen. Wenn man beginnt, alte Privatheit zu verwalten, so heißt das auch: aktuelle Privatheit realisiert sich kaum oder gar nicht. Alte Fotos sind manchmal und oftmals sogar tot, und sie bringen Tod, wenn man es übertreibt mit der Hingabe an alten Konsens. Nicht jede Reise, nicht jeder Strandnachbar, nicht jeder Geburtstag, nicht jedes Kaffeetrinken ist vermittelbar und aussagefähig, selbst was die eigene Biografie betrifft nicht.

Nicht erst seit der digitalen Fotografie wird inflationär fotografiert und gefilmt, schon weit vorher, *Polaroid* fing damit an, Super 8 hielt mit. Zum Glück werden nicht alle Super-8-Filme auf DVD überspielt. Mühen und gewisse Kosten führen - vielleicht unfreiwillig - zu einer gewissen inhaltlichen Analyse. Die alten Fotos sind jedoch da, vergilbt zwar, aber unleugbar vorhanden. In Schubladen, in Kästchen, in Schachteln, Verstecken, in diesen unsäglich hässlichen Alben mit dem affigen Seidenpapier als Absatz- und Kapitelersatz.

So wie auf Partys die so genannten Oldies herausge-kramt, aufgelegt und übertrieben euphorisch gefeiert werden, so eignen sich sentimentale Momente dazu, das Gegenüber zu beschämen und zu bewerfen mit nicht enden wollenden Zeitreisen in das Nichts und die Nichtigkeit abgefeierter Privatheit, die niemanden und nichts mehr berührt, am wenigstens einen selbst, denn die eigentliche Verpflichtung sich selbst gegenüber be-steht darin, Privatheit zu erneuern und sie dadurch zu erhalten und darüber hinaus Ausdrucksformen zu fin-den, die über hundert Jahre Kaffeetrinken und eine Welt voller Tanten, Onkel, Großmütter, Großväter, Schulka-meraden, Kommilitonen usw. hinausgehen. Ausdrucks-formen, die noch lange nicht Kunst wären, aber zumin-dest eine angemessene Form des Umgangs mit der eige-nen Vergangenheit darstellen würden.

David Hockney hat einen meisterhaften Weg im Um-gang mit banaler Alltagsdokumentation, Privatheitsdo-kumentation gefunden in seinen großen Polaroid-Arbei-ten. Unendlich oft kopiert und dennoch oder gerade deswegen in ihrer Genialität und Bedeutung bis heute weit unterschätzt.

Hier findet keine Umwandlung statt, sondern ein künstlerischer Prozess, frisch, neuartig und aktuell, konzipiert und gesteuert. Der Gedanke jedoch auch hier: Wieso realisiert sich Banalität des Privaten in der Dokumentation und wie kann ich die persönliche Bedeutung allgemein erfahrbar und erfahrenswert machen? Wie kann ich Vergleichbarkeit herstellen, ohne die Langeweile zu erzeugen, die dann entsteht, wenn die Vergleichbarkeit sich lediglich erschöpft in dem Erkennen unendlicher Wiederholung des ewig Gleichen und dadurch Beliebigen?

Der inflationäre Umgang mit Fotografie, der Fotokonsum, das Fotofressen ist natürlich in erster Linie digital. Schießt man hundert Fotos von einem flüchtigen Bekannten, so erzeugt die Menge der Fotos bei Fremden den Eindruck einer anderen Nähe und Bedeutung, als sie angemessen wäre. Selbst alte Fotos, Papierabzüge, etwas sparsamer verwendet, können zu Biografieverfälschern werden, Verzerrungen. Die Gefahr, jemanden auf hundert Fotos falsch darzustellen ist wesentlich höher, als wenn man nur zehn Fotos für den Darzustellenden zur Verfügung hat.

Man sollte sorgsam mit den fotografischen Zeugnissen der Vergangenheit umgehen, daher sollte man sich entschließen, vieles zu entsorgen, statt durch Aufbewahrung Bedeutung in Verstaubtes, Missratenes, Albernes, nicht Erzählenswerte zu pumpen. Vorausgesetzt man ist ein Amateur in eigener Sache, was die fotografische Dokumentation des privaten Lebens betrifft. Für Fotografen treffen diese Überlegungen nicht zu.

Als Maler ist man nicht automatisch ein guter Fotograf, wie es umgekehrt natürlich jedermann verständlich ist.

Es gibt die Umwandlung, die künstlerische Nachbearbeitung. Dann gibt es auch deren Unmöglichkeit, naturgemäß. Was dann?

Es gibt noch einen Ausweg: die Dokumentation der Zerstörung als neuer kreativer Prozess.

Der Künstler, der immerzu arbeitet, fortwährend neue Prozesse in Gang setzt hat selbstverständlich die Legitimation, Dinge zu zerstören, weit mehr natürlich als Menschen, die nichts erschaffen und angewiesen sind auf Massenprodukte, die sie erwerben müssen und dann wie jedermann nur noch wegwerfen können. Aber auch diese Menschen sollten großzügig von ihrer Freiheit Gebrauch machen, sich ihrer eigenen Banalitätszeugnisse zu entledigen, um so ihrer Biografie durch Reduzierung der Zeugnisse eine angemessene Zeichnung zu verleihen.

Vernichtung ist der Erschaffung ähnlich: ein Prozess, der Emotionalität voraussetzt, um Kraft und Aussage zu erzeugen. Empathie vorausgesetzt, sich und anderen, Geschichten allgemein, Momenten auch, Situationen gegenüber zu stellen. Vernichtung muss nicht gleichwohl Destruktion bedeuten, es wäre so, als verglich man eine Baumbeschneidung, ein Zurechtstutzen mit dem unsinnigen Abfackeln von gesundem Baumbestand.

Vernichtung ist eine Aussage wie Erschaffung. Destruktion ist nur negativ.

Die Dokumentation von der Vernichtung alter Fotos ist in Ioana Lucas Arbeit eine besonders subtile Aussage, da Fotos vernichtet werden, die dem Betrachter der Videoarbeit unbekannt bleiben und deren Vernichtung er lediglich beiwohnt, so als könne er gleichwohl ihrem ersten Moment, dem der damaligen Realisierung beiwohnen. Damit schließt sich der Kreis der Geschichte dieser Fotos wieder und macht sie wie nie da gewesen und somit erneuerbar, und man könnte beginnen, sie erstmals fotografisch zu realisieren. Da die Zeit jedoch fortgeschritten ist, bleibt die Konsequenz: Wir alle fotografieren die Gegenwart ab jetzt. Und stellen uns der Problematik der Inflation und der fortschreitenden

Banalisierung später erneut. Eine CD ist allerdings weniger aufdringlich als ein vulgäres, feistes, verstaubtes Album. Man kann sie leicht in den Abfall gleiten lassen, ganze Dateien lässig löschen. Sind erstmal die unzähligen Papierfotos fort, wird alles leichter. Digitale Fotografie ist nicht so gnadenlos, *Fotoshop* und diverse Programme erlauben einen milden Blick auf eigene Biografie und auf andere Menschen - ein *stream* ist leichter zu ertragen als das dicke Album auf den Knien Entnervter.

Ioana Luca hat *What it Takes...to feel better* aus einer einzigen Kameraposition gedreht, um von der Aktion der Fotovernichtung nicht abzulenken und den Filmfluss nicht zu beeinträchtigen, die Musikalität zu bewahren.

Der Film endet mit einem Hinweis auf ein befreiendes Moment, das die hektische Vernichtung jahrelang fast heimlich Bewahrten zur Folge hat: Die zerstörten Fotos liegen wie frisch erschaffene Papierarbeiten am Boden. Hier endet der Film.

Wieder: *Delete!*

Super 8

Ioana Luca, die während ihres Studiums theologische Schriften restauriert hat, ist belastbar, was beschädigtes Material betrifft, angstfrei, wenn es um Materialien geht, die beginnen, sich selbst aufzulösen, sich selbst auszulöschen. Da das so ist, bat ich sie, sich mit drei von mir lapidar heruntergefilmten, 2001 rasch auf eine DVD kopierten Super-8-Filmen aus den Jahren 1974-1977, auseinanderzusetzen. Von ihrer spontanen Reaktion wollte ich es abhängig machen, ob die verwackelten, farblich verwaschenen Dokumente einer Jugend in einer deutschen Provinz in der Sinn- und Bedeutungslosigkeit verbleiben sollen oder eben nicht. Nur Beschneidung, neues Schneiden, Zusammenfügung, ein erneutes Einfühlen in die ausgebremste Euphorie der siebziger Jahre könnte eine Vermittlung ergeben. Zusammenfügung war ihr erster Gedanke, als sie das Material sichtete: etwa hundertachtzig Minuten Super 8, bestehend aus vielen 3,5-Minuten-Einheiten (in den kleinen gelben Tütchen).

Fast jeder, der in den frühen siebziger Jahren groß geworden ist, ist vertraut mit den Super-8- Geschichten. Immer etwas zu schnell gedreht, das heißt zu rasch geschwenkt, immer etwas verwackelt, tonlos und in den Farben unecht. Super 8 das war eine Begleiterscheinung der siebziger Jahre ebenso wie *Spüli-Abziehbilder*, die die Kühlschränke verzierten. Super 8 war aber auch eine Möglichkeit, selbst Filme zu produzieren. Später kam *16 Millimeter*, das war was anderes. Super 8 waren verfilmte Statements zumeist aus der Provinz. Super 8, Provinz und der Briefträger, der die gelben Tütchen brachte, das war eine begriffliche Einheit, wie es scheint. Super-8-Filme sind Zeitdokumente, sind die siebziger Jahre ebenso wie *Polaroid*-Fotos. Bei Vorführungen hakte der Film oftmals und fing an zu schmoren, schon damals - selbst in seiner Aktualität, allzeit bereit zur Selbstvernichtung. Und schon gar nicht bereit zu einer leichten Vervielfältigung. Später fingen diese Filme als vollständige Verweigerung an sich selbst aufzulösen, so wie es auch Videofilme tun.

Gibt es den noch? fragte Ioana Luca, als ein junger Mann mit getönter Brille und in dem Einheitsparka der Zeit auftritt, um eine unverständliche, durch die Tonlosigkeit noch unterstrichenen Darstellung zu initiieren. *Wer war der?* über einen lächelnden Mann mit Bart und langen Haaren auf der Rückbank eines *NSU. Bist das du? Mit dem Ring?* Dann waren Fragen dieser Art rasch erschöpft, denn die Antworten können nur langweilen. Es geht um etwas anderes, es geht darum, dass wir alle überall einmal Super 8 waren.

Material: Jugendliche mit Kindergesichtern, rauchend, alle rauchten immer in den siebziger Jahren, sogar Kinder. Gitarren, immer Gitarren, sogar unmusikalische Menschen gaben sich musikalisch. Deutsche Provinz, leer, grau, nur in der Erinnerung farbig. Viel Waschbeton, viel Ungestaltetes, viel fünfziger Jahre in allem noch, hingegen die sechziger Jahre wie nie angekommen. Viel Karstadt, viel Leere, viel Nichts und Tagesschau und aktuelle Musik mit zwei und dreijähriger Verspätung. Gebügelte Hemden und mit schwarzem Fils bemalte Jeans, halblange und lange Haare, Frauenlosigkeit, Menschenlosigkeit, Schulschwänzen, Sportunterricht, der ausfällt, Pink-Floyd-Kassetten. Sartre im Parka, Herbert Achternbusch im Kopf und etwas Stoff. Jungs eben, allein mit sich selbst und den Entwürfen, die immer zu groß schienen. Deutsche Provinz und englische Musik. Und die Familienkamera ausgeliehen. Hundert Jahre Kaffeetrinken werden zu hundert Jahre Pubertät .Super 8 auf Abwegen, allerdings war Super 8 permanent auf Abwegen.

Wo sind die Frauen?, fragt Ioana. *Die Frauen waren abwesend*, antworte ich. Die Kamera, nicht nur ausgeliehen, sondern auch zu groß, um ständig aus dem Stegreif filmen zu können.

Viel Landschaft in dem Material, Landschaft in Ermangelung an Aktion, Selbstinszenierung in Ermangelung an Gruppeninszenierungen. Unfreiwillig komisch wie fast alle privaten Filme aus den 3,5-Minuten- und aus den späteren Video-Zeiten. Erst das digitale Filmen ermöglicht Korrektur und Löschung sofort. Und die neuen technischen Möglichkeiten erlauben einige Beschönigungen, die damals unmöglich waren.

Das Langweilige dieser privaten Filme besteht in dem konventionellen Glauben an die Chronologie und der irrigen Einschätzung, Authentizität sei ohne betont formale Struktur besser vermittelbar. Die Drehbuchlosigkeit als generelle Lösung, die Profanität zu vermeiden führte zu der Fixierung des Gewöhnlichen. Um diese Zwangsläufigkeit, die zumeist Amateuren widerfährt, zu mildern und gleichzeitig den zur Heiterkeit führenden Ernst der zu schnell laufenden Selbstzeugnisse zu relativieren, hat Ioana Luca zu der schlüssigen Idee geführt, zeitlich und örtlich voneinander abweichende biografische Zeugnisse miteinander zu verflechten. Somit setzt sie sich über die fragwürdige Unbedingtheit bzw. dem Wahrhaftigkeitsdiktat von Dokumentarisierung und über beliebige Privatheit hinweg und gibt den Fragmenten eine neue Form und darüber hinaus eine erweiterbare Tonalität. Sie erzeugt durch unkonventionelle Verknüpfungen Dissonanzen, die auf eine neue Harmonie verweisen, die in den Fragmenten nicht vorhanden war. Sie sagt mit ihrer Arbeit: *Alles ist überall gewesen, jeder ist überall* und *für uns war alles eigentlich Super 8. Super 8 war ein langer Tag.*

Es ist kennzeichnend für Lucas Arbeit, dass sie Chronologie verneint und damit auf sie verweist. Das heißt, Chronologie wird von ihr nur in erweiterter, in paralleler Form akzeptiert und verstanden. Und nur in dieser Form ist sie für Ioana Luca in diesem Fall überhaupt vermittelbar.

Bemerkenswert ist, dass Ioana Luca die Fragmente nicht kopiert, sondern sie vom Monitor abgefilmt hat, um das filmerische Moment zu wiederholen und dadurch das Filmen selbst zu aktualisieren.

Ioana Luca hat die Fragmente belebt, indem sie radikal gekürzt hat. Durch Verknüpfung zeitlich und inhaltlich abweichender Fotoarbeiten gelingt ihr eine Erzählung, die sich über die Einengung von eindimensionaler Zeitbezogenheit hinwegsetzt.

Und weiter:

Hidden world and communication (7 %)

Sieben Prozent der Deutschen interessiere sich für Bildende Kunst, las ich vor zwei Jahren irgendwo. Die Quelle habe ich vergessen, es kann sein, dass die Zahl nicht stimmt. Aber die 7% haben sich festgesetzt in meinem Kopf. Immer frage ich mich, sehe ich Vernissagenpublikum: Gehören sie zu den 7%? Oder gehört nur 1% dazu?

So kam Ioana Luca und mir die Idee zu *Hidden World and Communication*. Wahrscheinlich kommt kaum jemand auf den Gedanken, diese 7% Interessierter, wenn die Zahl stimmt, - seien wir großzügig und runden auf 10% auf, - niemand kommt vermutlich auf den schönen Gedanken, diese paar Prozent zu ermutigen, nicht aufzugeben. So tun wir dies mit unserem Video.

Die Ermutigung der Sammler und Käufer, die oft ähnlich eigenartig -eben von eigener Art– wie die Künstler, deren Arbeiten sie kaufen, sind, ist für uns Flaschenpost spielen. Und doch wissen wir, die *message* wird ankommen bei denen, denen sich plötzlich wieder einmal die Sinnfrage stellt, wenn sie erschüttert vor ihren Flachbildschirmen sitzen und Werbung sie nieder macht. Beispiele gibt es genug, alle einander ähnlich. Völlig unnötig, die demütigenden Alltagssituationen, die sowieso jeder kennt, zu schildern. Wenn etwas allgemein bekannt ist, ist es sicher die Sinnkrise der Eigenartigen.

Nach der Ermutigung an die Kunstinteressierten folgt in dem Film so etwas wie ein visuelles Zitat der Factory-Zeiten oder aus der Hand Gedrehtes von Yoko Ono. Er könnte aber ebenso auf Hiva Oa gedreht worden sein. Hätte Gauguin eine Cam und einen PC gehabt, er hätte so einiges mit seiner vierzehnjährigen Lebensgefährtin, die ihn nicht verstehen konnte und ihn daher verlassen musste, bei *Daily Motion* eingestellt. Ich bin der Überzeugung, dass Gauguin ein ähnliches Video gedreht hätte. Sein erbitterter Kampf gegen den Kolonialismus und Meinungsverschiedenheiten mit der katholischen Kirche ließen ihn in den letzten zwei Jahren vor seinem Tod unzählige Briefe verfassen, die nichts ergaben außer einer Verurteilung wegen Verleumdung. Es klingt bedrückend, wenn man liest, dass er starb, bevor er rechtliche Schritte wegen dieser Haft- und Geldstrafe unternehmen konnte. Das Bedrückende liegt darin, dass ausgerechnet ein wahrheitssuchender Mensch wie er sich mit dem Begriff der Verleumdung auseinandersetzen musste, mit Amtsbriefen und Dingen, die seiner Person völlig unangemessen waren. Das war im Mai 1903. Er hätte seine Schriften Tag und Nacht ins Netz stellen können, vielleicht unter dem Nickname Schuffenecker, er hätte hunderte, tausende von Usern in aller Welt erreicht, zur Verleumdungsklage wäre es vermutlich nie gekommen. Neben seinen Schriften hätte er seine neuesten Arbeiten vorstellen können und nicht auf Somerset Maugham warten müssen, der erst fünf Jahrzehnte später kam.

Zu Beginn des Films weisen wir darauf hin, dass wir uns im Jahr 2007 befinden. Dies klingt etwas geschraubt. Und doch ist es so - wir befinden uns mehr in 2007 als dass wir sagen könnten: wir leben 2007. Ein Film aus der Gegenwart, die wie erfunden wirkt.

Wer macht solche Filme? Wer schreibt Blogs? Wahrscheinlich einfach die Menschen, die dies immer gemacht hätten, wäre es nur möglich gewesen. Voraussetzung natürlich: man sollte einsam sein. Aber wer ist dies heute nicht? Und wer sich für Kommunikation mit Fremden interessiert, der ist nicht nur heute einsam, der wäre es zu allen Zeiten immer und überall gewesen.

Bewusst spielen wir in diesem Film mit Klischees. Ansprachen, Trinken, Rauchen, Tanzen in der Nacht. Der Film könnte in Kabul, NY, Pinneberg oder eben auf Hiva Oa (zumindest 2007) gedreht worden sein. Tatsächlich ist es völlig bedeutungslos, dass der Film zufällig in Düsseldorf entstanden ist. *Hidden World.* Statt Pamphlete in Blogs zu schreiben, was Louis-Ferdinand Céline sicher gemacht hätte, hätte es 1916 Internet in Afrika gegeben, sprechen wir lieber einer Ermutigung an die verstreuten Kunstinteressierten aus, gehen dann aber zu den üblichen Nachtbildern unserer Atelierwelt über. Ein kleiner Hinweis darauf, dass der Künstler sich jede Ermutigung am nachhaltigsten selbst zu geben vermag. Unbewusst muss ich an Maurice Utrillo denken, der nicht nur eine schöne wie gnadenlose Mutter hatte, die schöne und mäßig begabte Suzanne Valadon, sondern auch noch das Pech, die Witwe des Kunstsammlers Pauwels zu heiraten, die ihn zur Geldmaschine machte, ihm dafür aber gnädig weiterhin das Trinken gestattete. Zynischerweise malte diese Frau auch noch, ihr Pseudonym liest sich wie ein Nickname aus heutigen Chatrooms: Lucie Valore. Hätte Utrillo Blogs geschrieben? Nein, wahrscheinlich kaum. Vielleicht als Siebzehnjähriger während seiner Entwöhnungskur. Das war 1900. Aber vermutlich auch dann nicht. Hätte er Videos eingestellt? Nein. Hätte Céline Videos eingestellt, ich habe Zweifel daran, er hätte aber unzählige Blogs geschrieben. Bei Gauguin könnte ich mir Blog und Video gut vorstellen.

Wer heute Blogs schreibt, der ist einsam. Da unsere Gesellschaft krank vor Einsamkeit ist, sollte man nur noch Annäherungen über Blogs versuchen. Jeder sollte Videos einstellen. Jeder sollte jedermanns Videos ansehen. Das war sicher Célines Wunsch: dass jedermann seine Briefe aus Afrika hätte lesen können. 1916-1917. Vielleicht hätte er doch einen kleinen Film gedreht, um die Schriften zu verdeutlichen.

Seitdem John Lennon 1969 sein siebentägiges *Bed-In* in Amsterdam veranstaltet und vorgelebt hat, von *Bagism* und ähnlich damals seltsamen Dingen sprach, seitdem er weltweit die *peace message Happy Xmas (War Is Over)* streute, seitdem sind Blogs und Internet -Filme mehr als dreißig Jahre später gesellschaftspolitisch erst möglich.

Wir befinden uns im Jahre 2007, jammerschade, dass die richtigen Leute zu einer anderen Zeit gelebt haben. Natürlich haben die richtigen Menschen aber immer und zu allen Zeiten zur falschen Zeit gelebt. Richtiger ist wohl, dass die richtigen Leute ihresgleichen nicht mehr finden, und die falschen sich für die richtigen halten und umgekehrt. Letztlich ist alles ein einziger Unsinn zur ständigen Unzeit. Und wenn ich Menschen als richtig und falsch beschreibe, dann ist das so unsinnig, als wollte ich einen psychologischen Ratgeber lesen. Was konkret Gauguin, Utrillo, Céline und Lennon betriff, so ist es bedrückend, dass sie wahrscheinlich noch einsamer waren als wir User, Maler und Kunstinteressierten von 2007, welchen Nickname wir auch immer haben.

Ioana Luca und ich verzichten auf jeden Nickname. Manche glauben, unsere tatsächlichen Namen seien unsere Nicknamen.

Gebt nicht auf!

Schade, aber: *Delete!*

Verweißung und Umwandlung

Diese vier Ölcollagen aus 2006 sind nach einer Komposition von Jimi Hendrix, *Third Stone From The Sun*, einer von Willy de Ville, *My Forever Came Today* und einer von Bob Dylan, *World Gone Wrong* benannt, haben aber inhaltlich mit den Liedern nichts gemein, was bei künstlerischen Korrespondenzen auch nicht erforderlich ist, da Rock Musik und Bildende Künste ohnehin gemeinsame spirituelle Grundlagen haben und immer anders auf das ewig Gleiche reagieren bzw. immer gleich auf das ewig Andere reagieren.

Anders als klassische Musik entspricht Rock Musik dem Duktus, der Geschwindigkeit und der Aussagefähigkeit zeitgenössischer bildender Kunst. Das zeigt sich auch in den Beiläufigkeiten, dass John Lennon zunächst Kunst studiert hat, um sich zu sammeln, während Charles Bukowski Rock Musik verabscheut hat, da sie die Geschwindigkeit seiner Gedichte unnötig verdoppelt hätte. Klassische Musik ist ausschließlich, kompliziert und eignet sich als Monolog, weniger als Dialog. Der Blues und die Rock Musik hingegen sind ideale Dialogbasen, und die zeitgenössische Bildende Kunst ist im Gelingen immer eine Aufforderung zum Dialog sowie auch immer ein Assoziationsträger.

In wenigen Fällen hat die Literatur eine ähnliche Mathematik offenbart wie die klassische Musik, es kommt u.a. vor bei Thomas Bernhard, bei Charles Baudelaire und bei Harold Brodkey.

Blues und Rock Musik offenbaren eine Korrespondenzfähigkeit bei etlichen Schriftstellern, James Baldwin, Henry Miller, Céline, Carson McCullers, selbst bei Schriftstellern, die, wenn sie auch den Blues und die Rock Musik nicht kennen konnten wie Guy de Maupassant z.B. oder Gustave Flaubert, diese bereits in sich trugen.

Blues und Rockmusik kommen hingegen ohne Literatur und ohne Bildende Kunst aus, sie sind völlig eigenständig, verlieren ihre Dialogfähigkeit jedoch nicht.

Die Bildende Kunst verweist oft auf musikalische Korrespondenzen und zitiert häufig.

So auch die vier Ölcollagen aus 2006 (160 x 180, Leinwand auf Leinwand).

Da man Unikaten aus kunsthistorischer Gewohnheit Unsterblichkeit zuspricht, unterliegen konsequenterweise auch sämtliche bearbeitete Materialien der Unvergänglichkeit und damit natürlich auch unbegrenzter Umwandlungsfähigkeit. Obwohl es den Begriff des Kunstrecyclings nicht gibt und die völlige Vernichtung von Kunstwerken ein Tabu darstellt, sind Umwandlungen üblich, in der radikalen Form allgemein bekannt seit Kurt Schwitters. Schon Albrecht Dürer hat seine Auftraggeber verspottet und mit Hass überzogen, indem er Auftragsporträts entsprechend profanierte, indem er Hasszeichnungen anschließend mit den Auftragsbildnissen überdeckte (*Der Geiz*).

Wenn eine Arbeit, wenn mehrere Arbeiten nicht mehr genügen und nur noch biografischen Wert haben – und ein biografischer Wert ist immer nahe an einem sentimentalen Wert - dann stellt die Umwandlung eine angemessene künstlerische Korrektur alter Aussagen dar. Die Unterstreichung als Korrektur wird verdeutlicht z.B. durch Verweißung, also Reduzierung. In den unten angeführten Beispielen werden Leinwände teilweise nur rückseitig gezeigt. Hier findet die Umwandlung in reiner Form statt. Das Unikat ist natürlich auch rückseitig einzigartig und unvergänglich.

Das Besondere an der Ölcollage besteht darin, dass die Materialien in einem homogenen Zusammenhang bleiben, die Arbeiten ihre inhaltlichen Aussagen zwar korrigieren, auf ihre Materialbeschaffenheit jedoch insistieren und von ihrer Volumensprache bildhauerischer Erarbeitung verwandt sind.

Bei Papiercollagen kommt Papier zu Papier, unabhängig von den es bearbeiteten Malmitteln, bei der Ölcollage kommt Leinwand zu Leinwand, dient das Öl aber nicht nur als Malmittel, sondern auch als Verbindungsstoff und als Modellierungsmasse.

Der Titel *My Forever Came Today* bezeichnet diesen Vorgang ausgezeichnet. Die Umwandlung unterstreicht einen alten Unvergänglichkeitsanspruch und manifestiert die Unsterblichkeit aktuell und bezeichnet darüber hinaus den Beginn der Unvergänglichkeit als gegenwärtiges Moment in der Vergangenheitsform.

Der bildende Künstler unterliegt der Unsterblichkeit, selbst wenn er diese als überheblichen Anspruch ablehnt und verweigern sollte. Da die vom Künstler bearbeiteten Materialien in jeder Form der Umwandlung, selbst der Umwandlung in ihrer Beschädigung und selbst in der Zerstörung überlebensfähig sind, tritt eine Form der Unsterblichkeit ein, die frei ist von der Definition der Ewigkeit, also der Zeitlosigkeit, die der Künstler aus Bescheidenheit und höflicher Relativierung selbst formuliert.

Weg damit.

Depressionismus / Deutschland wird kunstfrei

Man sollte von einem Genremaler keine größeren Erkenntnisse erwarten und keine Folgen befürchten, was jedoch Carl Spitzweg mit seinem Kleinformat (36cm x 45cm) *Der arme Poet* von 1839 ausgelöst hat, war ihm sicher nicht bewusst. Ich nehme an, er hat seine Arbeiten immer auf der Suche nach einer visualisierten Pointe konstruiert. *Der Bücherwurm* von 1850 hat zumindest nichts Unheilvolles angerichtet, sondern lediglich Leser in die Ecke der Schrulligen, Lebensabgewandten gestellt, was zwar nicht zutreffend, wenn auch immer gut für Applaus von der falschen Seite, ist.

Der arme Poet jedoch hat in die Suppe der Armen gespuckt und die völlig irrige und irre Annahme, der Künstler arbeite besitzlos am besten, in die bürgerliche Welt getragen.

Fast jede Gesellschaft hat dem Künstler geschadet, aber nur wenige Künstler haben dies geschafft, abgesehen von den Dilettanten, die niemandem groß schaden, da sie nur andere Dilettanten erreichen und ansonsten von überzogener Eigenliebe und Eitelkeit getragen werden. Zu den wenigen Künstlern, die den Künstlern nachhaltigen Schaden bereitet haben, gehört Spitzweg.

Wenn man seine albernen, süßlichen und langweiligen Arbeiten betrachtet, ist man betreten von all dem künstlerischen Unvermögen, jedoch wäre selbst dies alles verzeihlich, nur was *Der arme Poet* den Künstlern beschert hat, ist es nicht. Aus Anbiederungsverlangen, angetrieben von seinem schlechten Geschmack und mit dem Fleiß des Talentfreien hat er gleich seinen eigenen Berufsstand in die Pfanne gehauen. Dass der Verspottete ein Dichter und kein Maler ist, spielt hier keine Rolle.

Eine Gesellschaft, die ihren Künstlern keine kostenlose Arbeitsplätze, also Räumlichkeiten und damit keinen Arbeits- und Lebensraum zur Verfügung stellt, verhält sich fahrlässig. Der Verweis auf den freien Markt ist reiner Zynismus. Auf dem freien Markt hat der Künstler eigentlich nichts zu suchen. Der Künstler hat aufgrund seiner Hochbegabung Schutzanspruch, und dies natürlich von seinem Land, das er beschenkt und aufwertet. Die Niederlande haben dies verstanden, sind jedoch von ihrem einzigartigen Projekt der Künstlerförderung abgerückt, was äußerst bedauerlich ist. Dennoch war der holländische Versuch einzigartig und wegweisend.

Unsere Gesellschaft übt sich in künstlerischer und damit geistiger und spiritueller und selbstverständlich letztlich sozialer Zwangsräumung.

Bald wird es nur noch große Events längst abgesicherter Werte geben. Große Picasso-Ausstellungen, Matisse-Ausstellungen etc. die natürlich wichtig sind, mit deren Veranstaltungen man aber auch nichts falsch machen kann.

Jörg Immendorff wurde in dem für ihn demütigenden und für die Allgemeinheit beschämenden Prozess nach seinem *Beruf* befragt und er sich als Professor der

Kunstakademie Düsseldorf vorstellend in der richterlichen Bestätigung als *Zeichenlehrer* bezeichnet. Erst als er starb, wurde es gesellschaftlich selbstverständlich, sich zu ihm zu bekennen. Ausnahmen sind natürlich zu berücksichtigen. Ein Gegenwartskünstler von internationalem Ruhm trifft auf ein Armer-Poet-Denken. Der arme Poet hat den ihm zugedachten Besitzlosen-Platz inklusive Regenschirm verlassen, darin liegt neben anderen, zahlreichen und unverzeihlichen Abweichungen einer der Erklärungen, die diese ansonsten unerklärliche Aggressivität und Herabsetzung ausgelöst haben.

Stellt man den Künstler der Gegenwart in die Spitzweg-Bilderwelt, dann verhöhnt man ihn und verstummt erst, wenn einige unermüdliche Kämpfer wie Markus Lüpertz, vor Jahren Norbert Kricke, Wolf Vostell oder Joseph Beuys die Wertigkeiten öffentlich ordnen.

Nicht genug, dass sich jeder ernstzunehmende Künstler selbstverständlich immer ruiniert, seine Arbeitskraft und Lebenszeit unbedingt und unentwegt, oftmals nahezu unentlohnt, einsetzt, die Gesellschaft, zunehmend die Gesellschaft unserer Zeit ihm im Gegenzug alle Hilfestellungen für den Untergang garantiert.

Man bietet dem bildenden Künstler die Akademien und die Künstlersozialkasse. Das ist wenig, ein Trinkgeld der Allgemeinheit. Achtzig Prozent der Akademieabsolventen wenden sich anderen Berufen zu. Deutschland kann kaum die restlichen Zwanzig Prozent ertragen.

Eine starke Gesellschaft sollte ihre Künstler beschützen vor gesellschaftlicher Isolation und vor allem vor dem freien Markt.

Eine Gesellschaft ohne lebendige Kunstszene hat keine Visionen, keine Utopie. Technologie, Entertainment und Börse stellen keine spirituellen Nahrungsmittel dar, und die Verehrung des Kapitals, die Erregung durch Stimulanzen wie *Mindestlohn* und unbezahlte Überstunden, die Wollust, Akademiker als Taxifahrer durch die

Stadt fahren zu sehen und die Verkalkung, Düsseldorf immer noch als *Klein Paris* zu bezeichnen, ergeben ein allgemein provinzielles Klima, ein menschenverachtendes Kleinklein, in dem Kunst erstickt.

Freier Arbeitsraum für Deutschlands Künstler wäre ein richtiger Schritt. Bezahlbar ohnehin. Es wäre sehr viel teurer in einem zunehmend kunstarmen, kulturverarmten Land zu leben.

Der besitzlose Künstler von Spitzweg ist wahrscheinlich noch die moderate Darstellung, ein Atelier, in dem es durchs Dach regnet, die zeitgemäße Darstellung wäre: der Künstler ohne Atelier. Der Künstler in einer Wohnung. Besser: der Künstler ohne Atelier und ohne Wohnung. Noch besser: alles ohne den Künstler.

Neuerdings versendet das Kulturamt auffallend häufig Atelierangebote. Man kann also annehmen, dass diese Künstler ihre Ateliers aufgeben, denn bei etwa gleich bleibender Zahl an Düsseldorfer Künstlern gab es vor einigen Jahren diese Angebote nicht.

Es darf nicht sein und es geht nicht gut aus, wenn der Künstler unserer Tage zum Einzelkämpfer wird. Er ist es inhaltlich ohnehin, er sollte kein sozialer Einzelkämpfer sein in einer satten Gesellschaft, die gerne auf arm macht.

Dies geschrieben in einem großen, lichten, selbst finanzierten Atelier, was absolut nichts besagt.

Delete.

When Things Get Back to Loneliness

Wenn die Dinge in ihre Einsamkeit zurückfallen, dann könnte es auch heißen, die Wirklichkeit der Dinge formiert sich zu einem Stillleben. *Readymades* entziehen sich der künstlerischen Kategorisierung, sie sind belebt durch ein Innenwirken und halten die Zeit an, wie es zunächst scheint und wie es auch ist, wenn sich nicht weit mehr vollzöge. Das Stillleben, das inszenierte, konstruierte aber auch das durch Zufall erschaffene, das durch Zerstörung umgewandelte, das durch den Willen einer neuen Bildsprache erzeugte Objekt, ist in der Kunst so wesentlich wie die Landschaft, der Akt,das Porträt usw. Das stille Leben und nicht, wie man oft vermutet, die Verbindung von Stil und Leben.

Es gibt radikale *readymades*, wie *Hat Rack* 1917/1964 von Marcel Duchamp, es gibt *readymades*, die in einen räumlichen Zusammenhang gestellt werden (*Bicycle Wheel* 1913/1964, ebenfalls Duchamp), dann gibt es Objekte, die von dem Gedanken des *readymades* ausgehend, eine Gestaltung vornehmen und durch eine wie von Herbert Zangs vorgenommene Verweißung und eine gewählte Anordnung das stille Leben unterstreichen, z.B. .in der bekannten Arbeit *Baumfrüchte* von 1953.

In der Arbeit *Schlitten mit Filter*(1983) von Joseph Beuys ist die Stille des Lebens, die Stille der Dinge Ausgangspunkt und oder Abschluss einer Handlung, die vollzogen oder demnächst zu vollziehen ist, Zeit aufhebt. Joseph Beuys setzt sich in vielen seiner Arbeiten mit Zeit auseinander, indem er ihren Verlauf aufhebt und die Stille, die Einsamkeit der Dinge, den Wert der Dinge in sich selbst, manifestiert. Er sagt auch, die Dinge sind unabhängig von unserer Bezeichnung, da sie wegen ihres Seins an sich schon selbstständig und frei von jedem Bezeichnungs- und ohnehin von jedem Erklärungsversuch und jeder Erklärungsbemühung sowie jeder Funktionsunterordnung sind.

Briefe sind Kommunikationsmittel und gleichzeitig ist ein Brief ein Ding. Das Dinghafte kann verstärkt werden, indem man dem Brief seine Lesbarkeit nimmt, ihm beispielsweise zeichnerische Elemente hinzufügt, Überdeckungen vornimmt und auch wie bei Zangs oder wie bei Picasso Verweißungen erarbeitet. So wird aus einer

Information, die der Brief transportiert und die naturgemäß von der Zeit in kategorisierbare, also erst in aktuelle, dann historische Zusammenhänge gebracht wird, eine Unwesentlichkeit, die durch ihre Modellierung stark auf das Ding Brief, bzw. vielmehr auf das Ding Papier zurückfällt, den Brief in die Welt der stillen Dinge, des stillen Lebens trägt, in die Zeitlosigkeit eben.

Das Stillleben, in seinem radikalen Ausdruck als *readymade*, kann eine Geschichte sein, die angehalten wird, es kann auch Ausdruck der Zeitlosigkeit selbst sein. Es ist ebenfalls der Hinweis darauf, dass Dinge, unabhängig von ihrer Funktion und den Zusammenhängen, in die man sie stellt, einen Wert und einen Sinn in sich tragen, eine Erklärung in sich darstellen, ohne von Benennung getragen werden zu müssen.

Im Musée d'Orsay sind Spazierstöcke von Paul Gauguin ausgestellt, die montierte Messer in sich bergen. Ausgestellt als Gauguins Angst-, Abwehr- und Verteidigungsdinge, fallen sie genau wie der Schlitten mit Filter von Beuys auf ihre Einsamkeit zurück, sind in sich selbst, ausgestellt, in andere, das heißt in ihre eigenen Zusammenhänge gebracht, sind Zeitaufhebung und Funktionsaufhebung in einem geworden. Sie sind in ihre Einsamkeit zurückgefallen, in der sie sich vorher schon befanden bzw. sich in sich selbst realisiert hatten, denn sie waren immer nur scheinbar zwei- oder mehrfach, selbst aufgrund der ihnen zeitweise gegebenen Funktionen, immer waren sie vor allem einsam.

In der Videoarbeit *When Things Get Back To Loneliness* von Ioana Luca, werden Dinge gezeigt bzw. vorgestellt, die eine Ateliersituation begleiten, alle Ateliersituationen begleitet haben könnten, vor allem aber wird in dieser Arbeit auf das Sein der Dinge, das Innenwirken einer Kraft, die losgelöst von der Biografie ihrer Besitzer, befreit von der ihnen zugeteilten Bedeutung ist, verwiesen. In dieser Arbeit wird nahezu der Moment festgehalten, in dem Dinge in ihre Einsamkeit zurückfallen, ähnlich wie ein Ton, der verhallt und zu dem wird, aus dem er gekommen ist, zu Stille.

Diese Videoarbeit unterstreicht auch den Gedanken, dass ein *readymade* ein jedes Ding sein kann, vorausgesetzt man bezeichnet es als solches. Einem Ding ist es natürlich vollkommen egal, ob man es als Buch, als Gitarre, als Stuhl usw. bezeichnet, ebenfalls ob der Künstler es zum *readymade* erhöht, denn es braucht keine Erhöhung, so wie es keine Bezeichnung benötigt.

Modigliani / Die Schwierigkeit der Annäherung

"Amedeo Modigliani (1884–1920) has a reputation as a tragic figure: a handsome womaniser who was consumed by alcohol and drugs, and who died young, poor, and relatively unknown…" so beginnt eine Ausführung von Kenneth Wayne, *Modigliani and His Models, The Sackler Wing, Royal Academie of Arts.*

Beschreibungen dieser Art waren sicher auch Skizzen zu Mick Davis Film *Modigliani.* Andy Garcia und Elsa Zylberstein erheben den im Grunde drittklassigen Film zu einem sehr eindringlichen Erlebnis. Der Film scheitert an der Schwierigkeit, Künstlerbiografien filmisch darzustellen. In Davis Film geraten Figuren wie Maurice Utrillo, Gertrude Stein und vor allem Picasso und Olga zum Personal einer oberflächlichen Groteske. Ohne Garcia und Zylberstein wäre der Film indiskutabel.

Davis Film beschreibt den Moment des Rausches hervorragend, er beschreibt die aufgeregten Vorbereitungen zu einer entscheidenden *Competition (Salon des Indépendents)* selbst zu unpassender Musikuntermalung ausgezeichnet. Er geht mit dem Sterben Modiglianis und dem Selbstmord von Jeanne Hébuterne subtil und unsentimental um. Hätte er mehr Sensibilität und Anstrengung auf Utrillo, Picasso und kunstgeschichtliche Fakten übertragen, so wäre dieser Film ein Meisterwerk. So ist er aber lediglich eine von vielen gescheiterten filmischen Annäherungen an Künstler und deren Leben.

Vermutlich sind Künstlerbiografien nicht verfilmbar.

Aus der verständlichen Hochachtung wird dann unverständlicher Kitsch.

Heldengesänge. Die gesellschaftlichen und finanziellen Schwierigkeiten werden zu häufig als Bedingungen der Hochbegabung dargestellt, statt zu analysieren, welche Gesellschaftsform jeweils wie mit Künstlern umgeht. Bei Modigliani war der frühe Tod (hier im Film als Folge einer Schlägerei dargestellt) eine chronische TBC, bei Vincent van Gogh eine zu der Zeit nicht behandelbare Syphilis, die zu Wahrnehmungsverzerrungen und Depression führte, bei Paul Gauguin die nicht behandelten Folgen einer Schlägerei, sowie eine Syphilis und so weiter. Nicht die Hochbegabung machte den frühen Tod zwingend. Die Hochbegabung führte naturgemäß zu gesellschaftlicher Ausgrenzung, die zu psychischen Belastungen führte, nicht aber filmgerecht zu raschem Sterben.

Man braucht Genies wie Modigliani nicht beschreiben, die Arbeiten sprechen eine umfassende und das Werk eine abschließende Sprache. Es ist auch überflüssig, zu ergründen, woher die spirituelle Kraft seines Werkes rührt. Sein Werk ist still, tief und so fern jeder Vulgarität, dass es den modernen Menschen schon fast schmerzt.

Mick Davis Film *Modigliani* ist trotz großer Schwächen dennoch ein starker Film, da er die Unmöglichkeit einer Annäherung an ein Genie wie Modigliani verdeutlicht.

Es ist anzunehmen, dass Filme über Maler generell einen schweren Stand haben. Ich warte immer noch auf einen Film über Maurice Utrillo - vermutlich gibt es einen oder mehrere, aber ich finde sie nicht. Einen Film über Suzanne Valadon, einen Film über Francis Bacon, einen Film über Auguste Renoir, einen über Alfred Sisley usw. Einen sehr gelungen Film über einen Künstler allerdings gibt es: einen über David Hockney, gedreht von David Hockney selbst.

Jetzt wurde es noch besser:

Wo ist mein Platz?

Wenn ich mir in den letzten Tagen diese Frage stelle, denke ich an das ausgezeichnete Gemälde *Der Heilige Hieronymus im Gehäuse* (um 1456) von Antonello da Messina (1430–1479). Das Gehäuse stellt einen nahezu vollkommenen Welt-in-der-Welt-Winkel als befreiten und nun freien Raum - wenn nicht Lebenswinkel dar, zentriert in jeder Hinsicht, erdacht und erbaut für meine Frage, die auch da Messinas Frage zu sein schien, und für deren Stellung und sofortige Beantwortung er den Heiligen Hieronymus als Stellvertreter bemühte. Das Gehäuse, welch prachtvolles, wenn auch schlichtes Ding zur Sammlung und dem Rauchen. Die hier abgebildeten Tiere stellen sich offenbar die oben erwähnte Frage nicht. Im Hintergrund links: Fenster zu lieblicher Landschaft.
Wo ist mein Platz?
In dieser Gesellschaft? Unbeantwortbar und unwichtig. Möglicherweise aber auch beantwortbar und relevant. Ist mein Platz in einem Gehäuse? Wäre es so hervorragend wie das von da Messina dargestellte, so wäre mein Platz ein mir freundlich und voller Zuversicht zugedachter. Wie bei allen Hilfsleistungen und Zuwendungen, die ein Künstler erfährt, wäre die Nennung des Gebers vulgär.

Künstler allgemein, bildende Künstler, Schriftsteller, Schauspieler, Musiker etc. sollten über ein angemessenes Gehäuse verfügen. Ihr Platz in der Gesellschaft sollte sich zunächst als entsprechendes Gehäuse manifestieren, von dem ausgehend die weiteren Schritte und Aktionen erfolgen würden.

Der Grundwert und die Gesundheit einer Gesellschaft lassen sich immer zuverlässig an dem Umgang mit ihren Künstlern ablesen.

Im Falle folgender Punkte:

1. Beantwortung meiner Frage aus Ihrer Sicht
2. Übertragung von Führungspositionen, auch Vorstand etc.
3. Angebote von Tauschgeschäften, meine Arbeiten betreffend, auf angemessenem Niveau (es wären zum Beispiel Immobilien etc. denkbar)
4. Bankverbindungen für finanzielle Zuwendungen, Bonuszahlungen, sowie regelmäßige als auch sporadische Aufmerksamkeiten

schreiben Sie bitte an:…

Nichts passierte. *Delete!*

Manchmal kommt es besser als erwartet

Manchmal kommt es besser als erwartet, wenn man nicht damit rechnet. Thomas und ich hatten uns gerade gesammelt, die Nächte waren gewittrig, die Tage staubig. Im Kopf waren sowieso andere Dinge als Fotos und Videos. Die, die kommen sollte, war eine Unbekannte. Für sie waren wir ebenso Unbekannte. Ein Treffen unter Fremden konnte man sagen. Die Aufregung hielt sich in Grenzen. Thomas zumindest kannte ihre Stimme. Wenn Frauen etwas drauf hatten, dann war es eine gute Telefonstimme zu entwickeln. Das was ich kannte, waren zwei Fotos, auf denen die Frau einen Blick hatte, der mir nicht gefiel, der alberne Diesel-Slip war ja nicht unbedingt ihr in Rechnung zu stellen, ebenso wenig die Zöpfe, der Blick jedoch schien authentisch, unverstellt, und er forderte nicht gerade zu guter Arbeit auf. Die eine Brust, die den Betrachter ansah, schien künstlich. Na gut, man sollte nicht pingelig sein.

Die ganze Woche hatte ich den Termin im Kopf, vor allem deswegen, weil mich wunderte, wie weit entfernt ich von jeder Idee war. Thomas hatte mir einige Profile gezeigt, die Besonderheit unseres Shootings war, dass die Modelle gratis arbeiten würden. Dieser Umstand machte die Anfragen dünn, aber auch interessanter. Wer arbeitet gratis? Außer Künstlern, die gelegentlich unfreiwillig gratis arbeiten, eigentlich kaum jemand. Welches Modell arbeitet also gratis? Eines, das besonders narzisstisch ist, eines, das neue Erfahrungen machen möchte? Ja, genau dieses Modell würde umsonst posieren. Aber die Unbekannte, die abgesagt hatte, sah aus, als mache sie niemals etwas umsonst. Wir wollten ihr unsere Ideen nachtragen, was für eine Kraftaufwendung wäre nötig gewesen gegen diese stillen Widerstände an zu arbeiten, welche Zeitverschwendung. Ich sah Thomas und mich vollkommen verschwitzt und ausgelaugt, während die Unbekannte ihr Näschen nachpudert und auf dem Handy rumklimpert wie auf einem Klavier. Nein, wozu das alles. Hier eine erneute Pinselbelegung? Verschwendung! Hier ein unbekleideter Gang durch die Betonflure unseres Atelierhauses? Wozu? Ich wollte sie auf dem Hof spazieren gehen lassen mit einer schwarzen Gibson in der Hand. Aber während die Gibson echt und zwanzig Jahre (oder waren es dreißig?) alt ist, so wäre das Modell zwar eben so alt, aber… Nein, Profis und Amateure arbeiten in der Regel nicht gut miteinander. Die Zusammenarbeit wird nicht rund sein, weil sie nicht rund sein kann. Meine Anregung bei der Auswahl unserer Modelle für unsere gemeinsame Arbeit war: Wissenstests, Intelligenztests und Kreativitätstests. Da dies zu aufwendig gewesen wäre, einigten wir uns auf unseren Blick. Diesmal hatten wir nicht richtig hingeschaut. Nun kommen wir zurück auf unsere Favoritin, die es eigentlich zunächst gar nicht mal war: eine stark tätowierte, junge Frau, die teils einfach falsch fotografiert worden ist und die andererseits es verdient hätte, einmal entsprechend in Szene gesetzt zu werden. Sie reagiert auf Mails, informiert sich über die Künstler, die mit ihr arbeiten möchten, sie ruft zurück und ist in der Lage Termine zu machen, die nicht platzen. Warum sind wir nicht gleich einfach nur bei ihr geblieben? Ganz einfach: Wir wollten essen, obwohl wir erst zehn Tage später richtig hungrig sein werden. Dieses Modell wäre in allem nur ein Probelauf gewesen und dementsprechend wären die Resultate geworden.

Ich sehe auf meine Staffelei und hätte Thomas beinahe mitten in der Nacht angerufen, denn heute erst kaufte ich einen Topf schöner, satter Gouache Farbe, Kobaltblau. Ich sehe das tätowierte Modell an der Staffelei stehen, Jimi Hendrix' *Machine Gun* läuft, sie soll sich dazu bewegen, und ich male verzückt lauter schöne Kreuze auf ihren Körper. Später werde ich mit den hundert reinen Pinseln, die ich heute kaufte eine noch schönere und dichtere Pinselbelegung vornehmen als das Mal zuvor, bei meiner letzten Pinselbelegung, als ich zu sehr im Stress und in Hektik war, und dann wird die Richtige die Gibson nehmen und durch unsere Betonburg stiefeln, lässig, ganz sie selbst, ganz stark, und sie wird die Hälfte unserer Arbeit übernehmen. Und bis sie kommt, können Thomas und ich uns wieder mit anderen Dingen beschäftigen: Kunden empfangen, Ausstellungen organisieren, Geld machen und Geld ausgeben, Bücher schreiben oder Bücher lesen, mit den eigenen Frauen sprechen statt mit Fremden aneinander vorbei zu reden.

Was das eine Modell sausen lässt, das bekommt das andere Modell zusätzlich. In unserem Fall heißt das, die tätowierte Frau wird alles bekommen. Unsere ganze Aufmerksamkeit, und sie wird uns ihre ganze Aufmerksamkeit zuteilwerden lassen. So kann man arbeiten. Und wenn das eine Modell nicht bekannt werden möchte, so will es das andere umso mehr. Unsterblich jedoch werden immer nur die Künstler, so sehr sie auch mit den Modellen gemeinsame Sache machen. Und so soll es sein.

Wenn Thomas schreibt, er könne kotzen, so kann ich mir vorstellen, wie er erst gekotzt hätte, wenn alle Anstrengung vergeblich gewesen wären, und das Modell, das morgen kommen wollte, zwar gekommen, aber gleichzeitig abwesend geblieben wäre.

Manchmal kommt es besser als erwartet.

You are about to delete this post. Cancel to stop, OK to delete. OK!

Manchmal kam es besser als erwartet!

Meine zwei Gespenster auf dem Sofa

Es war Mitte August, und ich hörte im Hafen die Kräne und Züge. Nachts hörte man sie besonders gut. Zwei Gespenster saßen wie immer auf meinem Sofa und betrachteten mich: Das eine hatte die Geld- und Verarmungsfratze und das andere murmelte unaufhörlich *gestern dreißig, heute fünfzig*. Das kannte ich schon, ich versuchte sie zu ignorieren und zu schreiben. Mein Computer wurde immer lahmer von all den Fotos und Videos und Texten, von denen ich mich nicht trennen konnte und sei es auch nur, indem ich sie brannte.

Es war tatsächlich so, gestern war ich dreißig und heute beinahe fünfzig, die Zeit, die dazwischen lag, war so voller Leben, dass ich gar nicht bemerkt hatte, wie meine Lebenszeit durch die Uhr rieselte.

Meine Frau war im Kommunismus groß geworden, und ich in seinem Gegenteil. Nun hatten wir uns in der Mitte getroffen und kamen einigermaßen gut klar mit Umständen, die so luxuriös wie bescheiden waren. Wir hatten viel Zeit, um machen zu können, was wir wollten, woran uns etwas lag und was für uns Bedeutung hatte. Das war unser Luxus, von der Anzahl unserer Werke im Atelier waren wir im Grunde reich, nicht wohlhabend, nein: reich. Was das lausige Geld aber betraf, so waren wir ständig klamm. Oft machte das die Laune grau.

Was aber noch mehr an uns fraß, das war die Isolation. Auch die kannten wir, meine Frau aus den Zeiten des Kommunismus und ich aus Tagen seines Gegenteils, aber die Isolation des Künstlerlebens war bisweilen atemraubend und anders als alles, was wir von früher kannten. *Es liegt an der Wirtschaftskrise*, sagte ich mir, wenn ich gut drauf war, *es liegt allein an mir und an uns*, sagte ich mir, wenn es mir schlecht ging.

Oder es lag doch an etwas ganz anderem.

Es gab dieses merkwürdige Phänomen, dass, je länger man künstlerisch bei der Stange blieb, desto ungnädiger man von seinem Umfeld wahrgenommen wurde. Mit anderen Worten, als junger Künstler wurde man wohlwollend, manchmal auch nachlässig freundlich beklatscht, merkten die Menschen aber, wie ernst es einem wirklich mit der Kunst war, fühlten sie sich in ihrer eigenen Lebensweise plötzlich angegriffen, in Frage gestellt, manchmal auch beschimpft, ohne dass böse Worte gefallen wären. Über allem aber schien zu stehen: *Wann gibt er denn endlich Ruhe?*

Deswegen stehen ja auch tote Künstler so hoch im Kurs, endlich sind sie Geschichte, und endlich geben sie Ruhe.

Ich hatte mehrere Leben gehabt, jedes davon war abgeschlossen in sich selbst, vollständig, jedes davon wäre ein Buch für sich gewesen. Meine Frau, da sie jünger als ich war, hat zumindest zwei Leben gelebt, nachvollziehbare, ernsthafte und klamaukfreie, und es waren Leben von erstaunlicher Dichte. Nun lebten wir ein eigenes, neues Leben gemeinsam. Ein weiteres Leben.

Das Leben eines Künstlers hat weniger mit Partys zu tun als mit Gebeten. Was viele Menschen nicht zu wissen scheinen.

Um alles malen zu können, was einem unter den Nägeln brennt, muss man mehrere Jahre wie ein Mönch leben, und das meine ich wörtlich.

Meine Frau spielte als Junges Mädchen deswegen mit dem Gedanken, zu den Nonnen zu gehen.

Ich war also jetzt in einem Alter, in dem sich manche meiner Altersgenossen Krankheiten zulegten, um ein wenig Aufmerksamkeit zu erhalten. Vielleicht sollte ich es ähnlich machen, aber solche Schachzüge widerstrebten mir, noch hatte ich ja auch keine Kinder, die ich damit belasten oder beeindrucken konnte. Und Bekannte, die sich ins Hemd gemacht hätten, gab es nicht mehr. Von Freunden mal ganz abgesehen. Also: sinnlos dieses Spiel, ich musste gesund bleiben.

Meine Frau bereitete eine Ausstellung in einer kleinen evangelischen Kirche vor. Thema Erntedankfest. Sie hatte ein Großformat gemalt: *Buddhistische Mönche, auf einem Reisfeld rastend*. Die Ausstellungsorganisatoren wollten das Bild nicht, *zu schwierig*, argumentierten sie.

>>Ich sag die Ausstellung ab<<, sagte meine Frau erschöpft und tieftraurig.

>>Ja, tu das.<<

>>Ja.<<

Ich las mir die Mail von den Organisatoren erneut durch: Sie wollten reine Landschaften, nicht zu groß, nicht zu heftig. Ich wusste, warum die Kirchen leer blieben.

Wenn wir absagten, würde man uns für arrogant halten, das wusste ich, und vielleicht würde ein weiteres Gespenst, ein ganz kleines zwar, aber immerhin, ein neues Gespenst auf dem Sofa sitzen und in unsere Stille plappern: das Kirchengespenst, das uns für undankbar und hochnäsig hielt.

Meine jahrelange Askese von zwanzig bis fünfunddreißig, den Alkohol und das Rauche nicht überbewertend, was Mönche ja schließlich auch nicht taten, meine Askese also musste für ein paar Jahre in die andere Richtung ausschlagen. Und nachdem dies geschehen war, befand ich mich nun in einem neuen Leben, aber manche Dinge änderten sich nie, und dazu gehörte: Gab man eine Ausstellung, in der gewiss nichts verkauft werden konnte, in einer kleinen Kirche, die ohnehin kaum besucht wurde, musste man mit den allerschlimmsten Auswahlkriterien rechnen. Nun traf es meine Frau, ich selbst hatte das schon hinter mir. Meine Ausstellung in einer Kirche war der absolute Flop gewesen. Die Gläubigen waren sehr distanziert. Wenn zwei Gläubige aufeinander treffen, heißt das noch lange nicht, dass sie über dasselbe reden. Aber so war es mit Malern ja auch: Hatten zwei Malerei studiert, konnte es dennoch so aussehen, als habe einer von beiden doch Mathematik studiert - oder Chemie, was auch immer.

>>Wirklich, ich sage ab<<, sagte sie.

>>Denk doch an deine Ausstellung im Sozialgericht...<<

>>Was hat das damit zu tun?<<

>>Da wurde auch nichts verkauft.<<

>>Ja und?<<

>>Die hätte man auch besser absagen müssen<<

>>Ja, die war auch ein Fehler. Und da hast du auch gesagt, wer weiß, wofür es gut ist.<<

>>Ja gut, jetzt weiß ich, dass es für nichts gut war.<<

Ich dachte nach. Viele Ausstellungen konnte man sich sparen. Fast alle.

>>Jetzt bringen sie ein Foto von dir in diesem hippen Modemagazin, also...<<

>>Also was?<<

>>Also kannst du es dir ruhig erlauben in einer Kirche mit extremem Besucherschwund auszustellen. Wer weiß, wozu es gut ist...<<

>>Sag mir einen Grund, wozu das gut sein sollte.<<

>>Die Kirche ist immerhin Gottes Haus, den Hausmeister musst du einfach ignorieren.<<

Wenn diese Kirche Gottes Haus war, dann... ich gab auf.

Nun hörte ich die Kräne in der Nacht und meine Gedanken verhedderten sich, und die zwei Gespenster auf meinem Sofa wurden allmählich müde.

>>Das Auktionshaus im Herbst, vier Wochen ich, vier Wochen meine Frau<<, sagte ich in ihre Richtung, >>da kommt wieder Geld rein.<<

Da wusste ich noch nicht, dass das Auktionshaus im Monat darauf pleite war.

Sie hörten sowieso kaum hin.

Mein neues Leben war sonderbar, aber ich hatte schon schlechtere gehabt.

Kummer

Es war zehn Uhr morgens, 1976 im Sommer, alles wirkte heiter. Ich war sechzehn und gerade von der Schule geflogen und befand mich in den Ferien, die mir sozusagen gar nicht mehr zustanden. Mein Vater war in der Hochschule, meine Mutter werkelte gemeinsam mit ihrer Putzfrau. Was mein Bruder machte, das weiß ich nicht, wo meine Schwestern steckten, auch nicht. Ich würde ab Herbst sechs Wochen an einem Jungengymnasium sein, einen Tag auf einer Privatschule und ein halbes Jahr auf einer kirchlichen Schule, aber das war jetzt erstmal unwichtig. Da ich noch kein Atelier hatte, wusste ich nicht wohin, wenn ich mal raus aus dem Keller wollte. Ich musste mir ständig was ausdenken. Die Möglichkeiten waren verschwindend gering.

An diesem Morgen setzte ich mich aufs Fahrrad und fuhr etwa eine Stunde von meinem Kaff zum nächsten. Wenn ich Glück hatte, würde meine ehemalige Deutschlehrerin, die noch eher als ich das Handtuch geworfen hatte, zu Hause sein.

Lehrerin ist nichts für mich, hatte sie mal gesagt.

Schule war nichts für mich, dachte ich, als sie das gesagt hatte.

Ich glaubte nicht, dass sie da war.

Manchmal machte sie auch nicht auf, aber versuchen konnte ich es ja.

Aus irgendeinem Grund hatte ich keine Schuhe angezogen, und dieses kleine Detail gab meiner Erscheinung etwas Schräges, denn zu meiner Jeans trug ich ein gebügeltes Oberhemd. Meine langen Haare waren abgeschnitten, und ich hatte jetzt eine Frisur Marke Jugendknast oder Hermann Hesse.

Meine Lehrerin war eine umwerfend gut aussehende junge Frau, die mich durcheinander brachte - in so starkem Maße wie ich sie nicht durcheinander brachte.

Ich fuhr zu ihr, weil mein Kummer, den ich zu ignorieren versuchte, so stark war, dass ich mich zwar nicht trösten lassen, mich aber zumindest alter Kontakte versichern wollte. Außerdem wollte ich ihr meine neuste Story geben.

Ihre Wohnungstür war unverschlossen, und ich stand unschlüssig im Flur.

Nichts tat sich. Ich drehte mir eine Zigarette.

Dann ging ich von Zimmer zu Zimmer. Als ich die Schlafzimmertür öffnete, war ich verwirrt, denn zwei Lehrerinnen lagen in dem großen Bett in der Mitte des Raumes.

Xenia öffnete leicht die Augen und zog sich die Decke über den Kopf.

Dann stieg die andere Frau auf, sie war nackt und noch schöner als Xenia, wie ich fast bestürzt feststellte. Ich hatte noch nie eine erwachsene Frau nackt gesehen, von Filmen einmal abgesehen. Der Anblick war unglaublich, sie schüttelte ihre langen dunklen Locken und gähnte lächelnd.

>>Wer bist du denn?<<, fragte sie mich, als sie näher kam.

>>Daniel - mein Richter ist Gott.<<

Sie zog die Augenbrauen in die Höhe.

>>Da kommt mein Name her, aber war jetzt nur ein Joke.<

>>Kannst du Kaffee machen?<<

>>Ja.<<

Sie verschwand im Bad, ich suchte Kaffee in der Küche.

Wir saßen am Küchentisch. Angezogen war sie nicht weniger schön als nackt. Große, verzierte, silberne Armreifen klackten bei jeder Bewegung.

>>Ich bin die Vicky<<, sagte die Frau. Sie war so schön, dass ich todmüde wurde. Ich wollte mich endlich ausruhen, und sie sollte für mich sorgen.

Kannst du für mich sorgen? Kann ich bei dir wohnen? Ich kann dir nichts geben, aber ich würde alles von dir nehmen, versprochen, ging mir durch den Kopf. Stattdessen sagte ich:

>>Ich schreibe<<, und reichte ihr meine Story. Sie hieß *Ein Arschloch stirbt*.

Ohne sich zu wundern und ohne ein Zeichen von Genervtheit, las sie aufmerksam die drei Seiten.

In der Story ging es darum, wie ein Junge, der ich hätte sein können, den Klassensprecher während der Pause umbrachte, indem er ihm den Papiereimer, dieses fiese, graue Ding aus Vollgummi, in die Fresse rammte und nicht damit aufhören konnte, den Jungen dann gegen einen Tisch warf, an dessen Kante sich der Unglückliche das Genick brach.

Das hast du nun davon, du dumme Sau, schrie Mike.

Gregor lag mit verdrehtem Kopf am Boden. So absurd es war, er grinste immer noch überheblich.

Frau Dr. Dereichs kam im weißen Kittel aus dem Chemielabor gelaufen und brach in Tränen aus.

Herr Luttwig wurde gerufen, unser Direktor, und nichts fiel ihm mehr ein zu dem, was er jetzt sah, und er fing an zu zittern, als sei er als nächstes dran.

Nach einer Weile kamen die Bullen. Auch sie wirkten aufgeregter, als man es aus Filmen kannte.

Zum ersten Mal seit längerem fühlte ich mich gut. Das würde nicht lange anhalten, denn jetzt würde der ganze Scheißdreck auf mich zukommen, vor allem lauter Fragen. Und ich würde nicht eine von ihnen beantworten können.

Besorgt sah sie mich nach der Lektüre an:
>>Hast du oft solche Gewaltfantasien?<<

>>Nein, eigentlich nicht, ich wollte nur beschreiben, wie Dinge passieren können.<<

Sie nippte an ihrem Kaffee.

>>Warum hat er den Klassensprecher denn umgebracht? Das kam bei der Story nicht ganz rüber.<<

>>Er hat ihn versehentlich umgebracht.<<

>>Warum aber überhaupt?<<

>>Vermutlich nervte ihn dieses ganze Überlegenheitsgetue .<<

Ich betrachtete diese schöne Frau, die eine ganz andere Ausstrahlung als Xenia hatte: wärmer und gelassener und weicher. Xenia war hellwach, klug und ihre Schönheit hatte etwas Freches. Ihre Freundin war weiblicher, einfühlsamer, und ihre Schönheit hatte etwas Allumfassendes.

>>Hattet ihr Sex?<<, fragte ich mit brennenden Augen.

Sie lachte auf und streckte genüsslich ihre Arme und schaute auf ihre Füße:

>>Und das soll ich dir sagen?<<

>>Sicher.<<

Sie schwieg lächelnd.

Ich zündete mir eine Zigarette an.

>>Okay, wenn du nicht willst...<<, sagte ich und sah sie melancholisch an. Ein Ja wäre eine Ohrfeige für mich gewesen, ein Nein aber seltsamerweise genauso. Mir war es lieb, dass sie schwieg. Diese Reaktion fand ich so tröstlich und beruhigend, dass mir ganz warm ums Herz wurde.

Es gab freundliche, gute und schöne Frauen.

Gestärkt stand ich auf.

>>Willst du nicht warten, bis Xenia wach ist?<<

>>Nein, ich komm irgendwann noch mal wieder<<, ich verabschiedete mich, und ihre zarte Hand lag für einen Moment in meiner, und es war ein wunderbares Gefühl.

Ich fuhr auf direktem Weg nach Haus, ging in mein Kellerzimmer und hockte tatenlos ein paar Stunden in meinem abgeschabten Sessel.

Der Raum war kühl und roch nach Nässe. Mit meinem Siegelring klopfte ich nervös auf meine Gitarre, zwischendurch schlug ich ein paar Akkorde. Ich rauchte eine Zigarette nach der anderen.

Der Verstärker knackte.

Der Sommer würde endlos sein, die Einsamkeit grausam, die Sache mit der Schule würde ich nicht mehr auf die Reihe kriegen.

Da öffnete sich die Tür, mein Freund Alex warf seinen Bass auf mein Bett und sagte:

>>Ich glaube, deine Mutter mag mich nicht.<<

>>Ach was, doch, doch, mach dir keine Gedanken.<<

Er setzte sich mir gegenüber und stopfte etwas Schimmel-Afghan in seine Pfeife.

>>Was machen wir bloß den ganzen Sommer lang?<<, sagte er.

>>Wir können ja ein bisschen durch die Gegend zieh'n<<, sagte ich.

>>Klingt nicht gut.<<

>>Nein, das tut es nicht.<<

Dann legte ich eine Platte von Hendrix auf, es war das Album *Electric Ladyland*.

Wir hörten die zwei Scheiben drei Mal.

Als die Nummer von Noel Redding, *Little Miss Strange,* lief, dachte ich an Vicky.

Vicky gab es also schon 1968, dachte ich. Es gab sie heute, und Vicky würde es mit viel Glück immer geben, und das gab mir Mut.

Aber ich erzählte Alex nichts von ihr, denn die Dinge waren schon schwierig genug.

Gauguin geht einkaufen

Seine Gedanken sind schon so lange damit beschäftigt gewesen, die unlösbaren Gesellschaftsprobleme unserer Zeit zu lösen, und er kämpft immer noch weiter mit seiner Gutherzigkeit und seiner grenzenlosen Energie. Seine Anstrengungen sind nicht umsonst gewesen, aber er wird wahrscheinlich nicht so lange leben, um die Früchte seiner Bemühungen zu sehen. Denn wenn die Leute verstehen werden, was er mit seinen Bildern ausdrücken wollte, wird es zu spät sein. Er ist einer der fortschrittlichsten Maler, und es ist schwierig, ihn zu verstehen, sogar für mich, der ich ihn so intim kenne. Seine Ideen sind so großzügig, durchdrungen von der Frage, was menschlich ist und wie die Welt zu betrachten ist. Man muss sich zuerst befreien von allem, was irgendwie mit dem Herkömmlichen zusammenhängt, um zu verstehen, was er zu sagen versucht. Aber ich bin sicher, dass er später einmal verstanden wird. Es ist nur schwierig zu sagen wann.
Theo van Gogh an Jo
Paris
9.-10. Februar 1889

Da hingen sie: *Garten hinter einem Haus*, Arles, *Interieur eines Restaurants in Arles, Blick auf die Kirche von Saint-Paul-de-Mausole, Weinberge mit Blick auf Auvers, Fischerboote bei Saintes-Maries, Das Rathaus in Auvers am 1. Juli 1890*, die und etwa fünfzig weitere Gemälde - alle von 2005-2008.

Wiesner hatte den Einfall, einen Mann mit Persönlichkeitsstörung auszustellen. Aufgeregt plapperten die Verkäuferinnen, dass, nennen wir ihn die große Null, dass eben der vorhabe, jedes, aber auch wirklich jedes Gemälde van Goghs zu kopieren, sein ganzes Lebenswerk. Nulls Lebenswerk sollte sein, Vincents Lebenswerk nachzumalen, und das sei doch der totale Wahnsinn. In der Tat, das war es.

Gauguin fuhr in mich, und mein offenes Bein schmerzte, als ich schlecht gelaunt durch die große Verkaufshalle humpelte. Wenn ich auch zu meinem wirklichen Bedauern meinem Freund Vincent im Streit versehentlich das Ohr abgetrennt hatte, so überkam mich nun eine echte Mordlust. Ich war, wie bekannt ist, für jede Prügelei zu haben, aber was hier zu sehen war, konnte nicht mit einer reinen Schlägerei bereinigt werden. Leider war die große Null nicht anwesend.

Wiesner kannte ich schon seit dreißig Jahren, er hatte Kunst studiert, war ein lausiger Bildhauer und ein unbegabter Zeichner. Als Student schon organisierte er Materialbeschaffungen für seine Kommilitonen. Auch mich rief er damals an und bot an, die Waren mit seinem Auto bei meinem Atelier vorbeizubringen. Nun hatte er Läden in ganz Deutschland, außerdem in Wien, Bordeaux, Paris und Amsterdam. Ich gönnte ihm, dass er eine fette Geldsau geworden war, was ich ihm aber nicht verzieh, war, dass er in China Parismotive in Auftrag gab, um sie auf dem Montmartre von Arbeitslosen, die sich als Maler verkleideten, anzubieten.

Dass er diesen Dreck hier ausstellte, war vielleicht nicht auf seinem Mist gewachsen, sondern eine Entscheidung des kleinen Sektenführers, der hier eine gruselige Filiale führte und auch noch mein Nachbar war. Aber Wiesner selbst hätte ich die Präsentation auch zugetraut. Er hatte ein ähnliches Persönlichkeitsdefizit wie der Kopist. Wiesner gefiel sich in der Rolle des Kunstliebhabers, des Aufklärers, dessen, der sich erinnert und Namen wieder ins Gespräch bringt, davon zeugten die so genannten Künstlerkalender, der Corinth-Kalender für 2005, der Modigliani-Kalender für 2008 usw. Er gab sogar Ratgeber heraus, wie man Kunst an den Mann bringt und ähnliche Bücher.

Man musste zugeben, sein Sortiment war exzellent, seine Preise in Ordnung, aber man musste auch sagen, dass Einkaufen bei ihm keinen Spaß machte.

Wiesner war kein Père Tanguy. Vielleicht bildete er sich ein, ein großer Père Tanguy zu sein, in Wirklichkeit war er der kleinste Père Tanguy, den man sich überhaupt vorstellen konnte. Und eigentlich hatte er mit einem Père Tanguy rein gar nichts gemein. Daran änderten auch die 10 Euro Gutscheine zu den jährlichen Kunstpunkten nichts.

Der Geschäftsführer von Wiesners Düsseldorf Filiale war so unwesentlich, dass ich immer wieder seinen Namen vergaß und mich nicht an sein Gesicht erinnern konnte. Seine kleine Sekte bestand aus einigen untalentierten Künstlern, die die Volkshochschulen nicht haben wollten, fiel einer wegen Nervenschwäche oder Überarbeitung aus, wurde er rasch durch einen Zwilling ersetzt. Die einzige freundliche und flotte Verkäuferin hielt sich nur kurze Zeit, da sie der träge und übel-launige Rest der Belegschaft wegmobbte. Kaufte man zehn Zehnerpinsel der selben Sorte, wurde jeder einzeln abgescannt, um nur ein Beispiel zu nennen, und dies in Zeitlupe, dadurch entstanden unglaubliche Staus an den Kassen. Eine einzige Aldiverkäuferin hätte den ganzen Laden geschmissen und sich dabei noch furchtbar gelangweilt. Wenn Künstler, die lausig malten, in einem Geschäft arbeiteten, dann konnte man die hässliche Fratze von Talentlosigkeit in ihrer ganzen Ausgeformtheit sehen. Die Mitglieder der Sekte *Wiesners faule Kinder*, führten sich auf wie auf einem Amt, der riesige Laden war wie eine kleine miefige Amtsstube. Ohne Künstlerkarte lief gar nichts. Man musste ganze Lebensläufe, Hochschulabschlüsse, Ausstellungsnachweise vorlegen, um diese alberne Karte zu bekommen. Denn Wiesner war ein

Großhändler, der nur an Profis verkaufen durfte. Wie all die Hobbytanten, die sich in großen, blitzenden Wagen vorfahren ließen, an die Waren kamen, blieb mir ein Rätsel.

Van Gogh hätte vermutlich keine Künstlerkarte bekommen.

Wiesner ließ es richtig krachen: Er bot Malkurse an, Marketingberatungen, verkaufte vorgedruckte Verkaufsverträge für Künstler, er hatte ein Bücherangebot, das manchen Buchhändler alt aussehen ließ, er machte alles, bot alles an, es fehlte nicht viel, dass er Anwälte empfahl, Rechtsschutzversicherungen und Notarkontakte. Er konnte bald ein Reisebüro aufmachen für gelangweilte Hausfrauen, die in der Toskana ein wenig mit Farbe rumpatschen wollten. Wiesners bunte Welt. Er machte es möglich: kein Produkt, das, bevor es überhaupt ersonnen war, nicht schon in seinen Katalogen, die dicker als Telefonbücher waren, aufgeführt wurde. Wiesner zahlte es der Akademie, an der er so kläglich gescheitert war, wahrlich virtuos zurück.

Bald würde Wiesner sicher Professor werden, vielleicht in Beijing, aber immerhin.

Auf der Eröffnungsparty von Wiesners erstem Laden vor dreißig Jahren habe ich ihn mit Häme überzogen, weil er nicht zugeben wollte, dass er mit seiner Verkaufskanone, mit der ich wöchentlich so angenehme Telefongespräche führte, fickte.

>>Gib es doch einfach zu, Werner<<, sagte ich, >>ich finde Ingrid doch auch süß.<<

>>Nein, das ist nichts, wirklich, Mario.<<

Ingrid kam angetrunken auf uns zu:

>>Mario, wenn du willst, kannst du malen, heute, hier, Material ist ja nun wirklich genug da, trink dir einen und mal einfach.<<

Ich überlegte kurz. Ich hatte schon reichlich einen in der Krone.

>>Machen wir ein Happening<<, sagte Wiesner, ebenfalls besoffen.

>>Ich weiß jetzt schon, dass du uns alle in die Pfanne hauen wirst<<, sagte ich zu Wiesner.

>>Ich? Aber Quatsch, wieso denn, ich will doch nur gute Preise für euch rausholen.<<

Ingrid fiel in einen Leinwandstapel, unter ihrem Rock trug sie nichts.

Wiesner kriegte eine Bombe.

>>Happening, so 'ne Scheiße<<, sagte ich.

Die anderen hundert Gäste waren alle sturzbetrunken.

Ich überlegte, mit kleinen Tuben Echtrot auf sie zu zielen. Stattdessen fuhr ich nach Hause, meine Laune war im Keller. Seitdem habe ich Wiesner nicht mehr wieder gesehen. Kurz darauf war Ingrid weg, und ich bestellte nur noch schriftlich.

Jetzt war Wiesner mein Nachbar. Nicht Werner, sondern einer seiner Kläffer. *WIESNER* stand übergroß an unserer Fassade, die meisten Kunden verliefen sich deswegen. Seine Kunden kamen zu uns und unsere liefen zu ihm. Auf hundert Kunden, die sich zu uns verirrt hatten, kam einer, der sich zu ihm verirrte hatte.

Ich wollte ihn anrufen, um ihn zu bitten, mit dieser van Gogh Verhöhnung in seinem Haus aufzuhören, aber man konnte Wiesner nicht anrufen, ebenso wenig wie man Angela Merkel hätte anrufen können.

Am 29. Juli 1890, kurz nach Mitternacht, starb van Gogh, heute war der 29.Juli 2008, ein grauer, warmer Tag, die fünfzig, sechzig Kopien schauten von den Wänden herab, alle gerahmt, Wiesnerrahmen selbstverständlich. Die Krönung der Geschmacklosigkeit war der Ausstellungstitel: *Interpretationen zu van Gogh.*

Wiesner war kein Kunstfreund, er war die Made im Speck.

Eines musste ich Wiesner allerdings anrechnen: Er ließ sich auf einen Tausch ein, als ich mal wieder kein Geld hatte. Er überließ mir eine große, teure Staffelei, die so ausgezeichnet ist, dass sie mich noch überdauern wird und wählte als Gegenwert eine große Landschaft in meinem Atelier aus. Später kriegte ich zufällig mit, dass er mein Bild für das Dreifache des Staffeleiwertes weiterverkauft hatte. Aber gut, er war eben Profi.

Wiesner war dennoch jemand, der uns allen schadete. Hätte er es bei den guten Preisen und dem ausgesuchten Sortiment belassen, wäre alles hervorragend gewesen, aber er sang falsch, und das machte die ganze Oper unerträglich.

>>Können Sie den Schrott nicht abhängen?<<, fragte Gauguin die Verkäuferin an der Kasse.

>>Wir haben da keinen Einfluss, die Ausstellung ist Entscheidung der Geschäftsleitung.<<

>>Und, sagen Sie, fühlen Sie sich wohl mit diesen Kopien? Ich meine, es ist doch eine unglaubliche Vermessenheit, sich vorzunehmen, ein ganzes Lebenswerk nachzumalen, oder?<<

>>Ja, schon.<<

>>Wo ist denn der Geschäftsführer?<<

>>In einem Meeting.<<

>>In einem Meeting heißt es immer, wenn der Geschäftsführer der Ansicht ist, die Kunden könnten ihm am Arsch lecken, richtig?<<

>>Nein, nein.<<

>>Und wo ist Wiesner?<<

>>Werner Wiesner?<<

>>Ja.<<

>>Das weiß ich nun wirklich nicht, ich habe ihn noch nie persönlich kennengelernt.<<

>>Haben Sie Kunst studiert?<<

>>Ja, ich war bei Gotthard Graubner.<<

Rothko für Arme, warum auch nicht. Pech gehabt! Graubners Kissen in der aufgeräumten Bildunsgbürgerbude. Jeder versuchte zu punkten, wie es eben ging.

>>Und jetzt an Wiesners Kasse.<<

>>Ist nur vorübergehend.<<

>>Ja, sie sind doch eigentlich eine nette Person, wieso tun Sie sich das an? Man kann doch heutzutage sein Geld auch redlich verdienen.<<

Ich dachte an saubere, gut geführte Bordelle.

Die junge Frau wurde rot.

Ich sprach mit meinem Affen, ihm fiel auch nicht viel zu der Situation ein.

Nun würde ich gehen.

Heute hatte ich nur Elfenbeinschwarz gekauft. Und eine kleine Tube Chromoxyd feurig.

Brav ließ ich meine Künstlerkarte abscannen: Paul Gauguin, Kundennr.: ...

Dann spuckte der Drucker meine Rechnung für die Steuer aus.

Mein Bein brannte.

Die Sache mit Vincent war für mich immer mit einem tiefen Schmerz verbunden, und dieser Schmerz ging bis in Wiesners Riesenladen und bis ins Jahr 2008 hinein, und dieser Schmerz hatte meinen Tod überdauert. Und als hätte ich nicht selbst genug Kummer, so musste ich nun auch noch sehen, wie ein gestörter Mann Vincents wunderbaren Bilder so primitiv nachmalte und alle Nuancierungen frech auslieβ, als seien sie nichts.

>>Sag der Dame auf Wiedersehen<<, sagte ich zu meinem Affen.

Und er spuckte nur auf das graue Laufband der Kasse und schrie hysterisch.

>>Ich empfehle mich<<, sagte ich, ging durch die sich automatisch öffnenden Glastüren, schlenderte über den Parkplatz und überlegte mir, ob ich im Atelier 72b noch einen Kaffee trinken sollte.

Der Geheimtipp

>>Lass uns fahren.<<

>>Wie viel Farbe hat er denn?<<

>>Viel, hat er gesagt.<<

Wilko fummelte am Radio.

>>Serkan ist etwas abgedreht, keine Ahnung, wo er das Zeug her hat, hat gejobbt in so 'ner Farbenfabrik.<<

>>Schmincke?<<

>>Kann sein, oder woanders.<<

Wir fuhren durch die Stadt, es war der Tag vor Silvester. Das Wetter war grau, und es war lau wie im Frühling.

>>Ich kauf erst, wenn die Qualität okay ist<<, sagte ich, >>ich hab sowieso keine Kohle.<<

>>Denkst du, ich hab Kohle?<<

>>Keine Ahnung.<<

>>Wo ist eigentlich deine Frau, die seh' ich nie.<<

>>In Las Vegas.<<

>>Ach du je, warum das denn?<<

>>Mit ihrer Schwester, die fahren auf so was ab.<<

>>Soso, mit ihrer Schwester. Sicher?<<

>>Nein.<<

>>Oder mit Elvis?<<

Jekaterina hatte stundenlang mit mir diskutiert, ob sie über Silvester nach Las Vegas fliegen oder bei mir bleiben sollte. Ich war mir sicher, sie fand den Las Vegas Eifelturm schöner als den in Paris.

Als sie sich für Las Vegas entschieden hatte, war mir klar, dass es mit uns nichts mehr werden würde. Wir waren seit fünf Jahren verheiratet, und wir hatten von Anfang an diese Diskussionen. Ich kannte viele Russen, die neben der Spur waren, aber Jekaterina schoss den Vogel ab. Ich war müde, über sie nachzudenken.

Wir hielten vor einem Altbau.

>>Hier muss es sein<<, sagte Wilko und zückte sein Handy, >>er macht nie die Tür auf, wenn es klingelt.<<

Ich drehte mir eine Zigarette.

>>Serkan, du Arsch, ich bin's doch nur, mach mal auf!<<

Wilko steckte das Handy weg und sagte:

>>Gut, er macht uns auf.<<

Wir stiegen in den vierten Stock. Der Hausflur roch muffig und ein wenig nach Pisse.

Ein Blödmann mit schlurfendem Gang machte uns die Tür auf und führte uns durch seine leere Bude.

>>Und?<<, sagte Wilko.

>>Da hinten.<<

Wir standen in dem letzten Raum und sahen etwas dreißig Eimer Violett Lack.

>>Da ist doch wohl nicht überall Violett Lack drin?<<, sagte ich.

>>Weiß nicht, aber alles echt Ölfarbe<<, sagte Serkan.

Wilko kriegte einen leicht irren Blick, aufgeregt ging er auf und ab.

>>Und was willst du dafür haben?<<

>>Dreihundert für alles.<<

Serkan sabberte leicht.

Ich sah aus dem Fenster in ein anderes Fenster, hinter dem ein fettes Paar vor der Glotze hing.

Dann sah ich in ein weiteres Fenster: Ein kleines Mädchen mit traurigen Augen sah in den Hof.

>>Hör mal Serkan, wir gehen mal was trinken und kommen in einer halben Stunde zurück<<, sagte Wilko, und wir verließen die Wohnung.

Wir liefen die Straße runter, bis wir ein Büdchen fanden. Wilko trank ein Bier im Stehen. Dann noch eins. Ich betrachtete die Leute auf der Straße.

>>Der Wichser kriegt höchstens hundert von mir<<, sagte er.

>>Ich brauche nicht einen Eimer Violett Lack, 290 ml wären mir schon zuviel<<, sagte ich.

>>Er soll noch mal zurück in seinen Laden, andere Eimer klauen.<<

>>Wilko, lassen wir das ganze, du brauchst die Farbe doch auch nicht.<<

>>Ja, sicher, aber jetzt haben wir uns doch schon auf den Weg gemacht.<<

Er trank sein viertes Bier, dann sein fünftes.

>>Wusstest du eigentlich, dass ich ein Geheimtipp bin?<<, lallte er.

>>Wie meinst du das?<<, vermutlich war er ein derartiger Geheimtipp, dass man deswegen nie Bilder in seinem Atelier sah.

>>Ich bin der Maler der Maler. Will sagen, die Maler schätzen mich besonders.<<

Er betete die ganze Liga der Akademieprofessoren herunter.

>>Und die kaufen dich alle?<<

>>Alle, die würden gerne so malen können wie ich, verstehst du, deswegen. Jemanden gut zu finden, ist leichter, als zuzugeben, dass man nicht an ihn heranreicht.<<

Er wankte zu einem parkenden Auto, um zu pinkeln. Als er zurückkam, sagte er:

>>Ich hab mir mal meine KSK-Rente ausgerechnet, da bleibt nicht viel für meine Frau und die vier Kinder.<<

Das Wort Rente klang in dieser Situation sehr seltsam. Vier Kinder noch mehr.

>>Was? Du hast vier Kinder?<<

>>Ja, wusstest du das nicht? Wilko mit seinen Blagen, heißt es doch überall. Ich brauch eine Frau nur anzusehen, schon wird sie schwanger. Keine Ahnung, wie viele Kinder noch von mir so rumlaufen. Und genauso fruchtbar bin ich auch, wenn ich male. Aber da ist ja bekannt.<<

Ich sah ihn von der Seite an: Wilko sah gut aus, er hatte die Stimme eines Schauspielers, und er war der Typ ewiger Junge. Die Frauen bissen sich an ihm mit Sicherheit die Zähne aus. Da gab es bestimmt jede Menge gebrochener Herzen, stolze Leistung für so eine Luftnummer.

>>Was machen wir bloß mit der Scheißfarbe?<<, sagte er düster.

>>Ich brauch sie nicht<<, sagte ich.

>>Wenn er noch etwas Gras für mich hat, dann nehm ich die Eimer für fünfzig<<, sagte er und bestellte wieder Bier.

>>Hm.<<

>>Du kannst auch fahren, Alter, ich trink mir noch einen, und dann... hier in der Nähe wohnt noch so 'n Mädel, da könnt ich eigentlich mal vorbeischauen.<<

>>Okay, ich bin dann weg.<<

>>Ja, mein Freund, und nicht vergessen: alles dreht sich, alles bewegt sich.<<

Für heute hatte ich genug, ich fuhr in meine Wohnung.

Am nächsten Tag war ich wieder im Atelier. Vor meiner Tür stand ein Eimer Violett Lack mit einem Zettel: *Geschenk des Hauses.*

Ich ließ ihn stehen und schloss die Eisentür.

Am Abend sollte eine Silvesterparty steigen. Im Hochgebäude. Es waren noch viele Stunden bis dahin.

Ich legte mich ins Bett und las in Kafkas Briefen.

Gegen acht nahm ich meine ESP, machte den Marshall an und schlug ein paar Riffs. Immer, wenn die Bässe donnerten, schossen Vögel vor meinem Fenster erschreckt in die Höhe.

Ich spielte bis zehn Uhr.

Dann öffnete ich eine Flasche Wein und betrachtete meine Bilder der letzten Wochen.

Aber sie wollten jetzt nicht mit mir sprechen.

Im Geiste ging ich die Gesichter durch, die ich heute Abend sehen würde. Ich konnte nicht sagen, dass mir gefiel, was ich sah.

Meine Heizung blubberte, die Rohre knackten, und eine große Müdigkeit überkam mich.

Um elf Uhr stand ich immer noch unschlüssig mitten im Raum.

Die Flasche Wodka, die ich mitbringen wollte, war zur Hälfte geleert, also ging das nicht mehr.

Vielleicht sollte ich mich einfach ins Bett legen.

Ich hatte jedoch Angst, ausgerechnet das Jahr 2000 alleine einzuläuten.

Ich war etwas abergläubisch.

Als die Raketen um Mitternacht losgingen, sah ich nicht aus dem Fenster. Ich saß an einem Tisch, der voller Flaschen war, und bis zum Wahnsinn Betrunkene schrien, kreischten, lachten und stolperten um ihn herum.

Eine kleine Schlägerei hier und da. Mein Hund wachte neben mir.

Die letzte halbe Stunde hatte mich die Frau von jemandem angestarrt. Ich war sehr betrunken, spürte ihre Blicke aber dennoch. Zunächst schaute ich hinter mich, aber da war niemand.

Sie kam näher, als alle am Fenster hingen wegen der Raketen.

>>Wo ist denn deine Russin?<<, fragte sie. Die Frau war keine Schönheit, aber sie hatte etwas. Sie erinnerte mich an Filme, die ich mal gesehen hatte, ich wusste aber nicht mehr, worum es in denen ging.

>>Woher weißt du denn, dass?...<<

>>Hat der Jens mir erzählt.<<

Jens war der Elektriker, der unser ganzes Atelierhaus verkabelt hatte, er hatte mal einen Anfall meiner Frau mitgekriegt. Da hatte sie in meinem Atelier rumgeheult, dass ihre besten Freunde alle schon tot seien. Und Jens hatte beklommen die Kabel gezogen, das Messgerät wäre ihm fast aus der Hand gefallen.

>>Die sind nicht tot, die haben einfach nur die Nase voll von dir<<, hatte ich Jekaterina beruhigt.

>>Alle tot, alle tot<<, hatte sie gejammert und schien untröstlich.

Ich schüttelte mich und war wieder in der Silvesterbude.

>>Und du, wie heißt du?<<, lallte ich.

>>Malina.<<

>>Schöner Name.<<

Sie setzte sich auf meinen Schoß und küsste mich wie wild.

Ich grunzte wohlig, und die Zigarette versenkte mir die Finger.

Wir küssten immer wieder, mehr passierte nicht. Wir küssten und küssten.

Am nächsten Morgen wachte ich in meinem Bett im Atelier auf, mein Hund schnarchte neben mir. Keine Spuren der Verwüstung. Mein Gesicht brannte, mein Mund war taub. Das war aber auch schon alles.

Mein Kater hielt sich in Grenzen.

Gut, wenn man die Kontrolle behielt, dachte ich.

Ich las weiter in Kafkas Briefen.

Gegen Abend ging das Telefon:

>>He, Alter, das war vielleicht 'ne Show, die Malina und du abgezogen habt.<<

Es war Herbert, der Chef des Hochgebäudes. Er lachte so laut und lange, dass ich den Hörer neben mich legte.

Ich lag noch immer im Bett und sah in den rostigen Januarhimmel.

>>Ihr Mann hat voll die Krise gekriegt.<<

>>Was war denn los?<<

>>Weißt du nicht mehr?<<

>>Nein.<<

>>Die Malina hat ihre Titten rausgeholt, und du hast sie immer wieder abgeleckt und gegrunzt wie ein Schwein, du Sau, es war göttlich.<<

>>Na, wenn schon.<<

>>Du hast ja auch was rausgeholt, wir haben uns bepisst.<<

>>Oh.<<

>>Und das Beste war, als ihr Mann kurz vorm Durchdrehen war, kam der Wilko und wollte ihm einen Eimer Ölfarbe verticken. Der sagte immer: *Hier, du bist doch Elektriker, kannste sicher gebrauchen, zwanzig für jeden Eimer, ich liefer sofort.* Der hat den so voll gelabert, dass der seine Frau ganz vergessen hat.<<

>>Der Wilko, ist der eigentlich wirklich ein Geheimtipp?<<

>>Der ist so 'n Geheimtipp wie seine komische geklaute Farbe ein Geheimtipp ist.<<

>>Dachte ich mir.<<

>>Die Malina hat mich nach deiner Nummer gefragt, ich sagte: *Ich kenn den gar nicht. Der ist hier einfach reingelaufen.* Witzig nicht?<<

>>Ja, das war gut so.<<

>>Wo ist denn deine Frau?<<

>>In Las Vegas.<<

>>Die würde ich abschießen, ehrlich.<<

Ich legte auf, nachdem wir noch eine Stunde Unsinn geredet und gewiehert und den Elektriker und Wilko nachgemacht hatten.

Als ich gegen Mitternacht das Atelier verließ, sprang der Anrufbeantworter an, und Jekaterina wünschte mir ein frohes neues Jahr und fing an von Las Vegas zu schwärmen. Die Maschine redete immer noch, als ich im Flur das Licht anknipste.

Malina war eine wirklich angenehme Frau, dachte ich, und im Grunde ziemlich hübsch, sie war ein richtiger Geheimtipp, schade nur, dass sie verheiratet war.

Schade, dass ich es auch schon war.

Ich war ohne größere Katastrophen ins Neue Jahr gekommen.

Mein Hund schiss auf den großen Parkplatz, dann fuhren wir los.

Fürchtegott

Fürchtegott hatte nie verstanden, warum ihm seine Eltern diesen Namen gegeben hatten. War es ein Fluch, mit dem sie ihn von vornherein belegten oder war es ein Hinweis?

Fürchtegott hätte gerne Gotthilf geheißen.

Da Fürchtegott gar nicht ging, nannte er sich einfach Fritz.

Fritz hatte keine Furcht vor Gott, er lebte sein melancholisches Leben ohne zu murren und widmete sich schon früh der Malerei.

Seine wahren Freunde waren alle bereits tot, was aber der Freundschaft keinen Abbruch tat. Fritz schlug die Kunstbücher auf, und schon wurden die Freunde lebendig.

Auf der Akademie fand Fritz zwei, drei Freunde, die vor allem deswegen seine Freunde wurden, da sie wiederum ebenfalls Freunde der toten Freunde waren.

Die meisten wurden aber im Laufe der Zeit den toten Freunden untreu und verließen dementsprechend Fritz ein wenig später.

Fritz hatte zwei Frauen in seinem Leben. Die Beziehungen hielten jeweils zehn Jahre.

Mit vierzig war und blieb er allein.

Kinder hatte er keine.

Als er fünfzig war, verstarb erst sein Vater, wenig später die Mutter.

Geschwister waren keine da.

Fritz zog von der Stadt an den Rand der Stadt, und dann vom Randgebiet tief an den Niederrhein, am Ende hauste er irgendwo im Niemandsland an der holländischen Grenze.

Fritz malte große Horizontbilder und große Akte. Und Porträts.

Erfolg hatte er nicht.

Seine Arbeit jedoch war ausgezeichnet.

Im Laufe der Jahre hatte er hunderte von Bildern verkauft, ohne dass sich ein Erfolg eingestellt hätte. Vielleicht lag der Erfolg bereits in dem Verkauf, er wusste es nicht.

Es interessierte ihn aber nicht sonderlich.

Da sein Vater ihm ein wenig Geld vermacht hatte, konnte Fritz ein sorgenfreies Leben, wenn auch gerade knapp über der Armutsgrenze, leben.

Fürchtegott, sagte er sich, wenn er nach den morgendlichen Depressionen in den Spiegel sah.

Fürchtegott blieb Single.

Fritz litt unter der Einsamkeit wie ein Hund.

Fritz holte sich Tiere aus dem Tierheim, zwei Katzen und einen Hund.

Einmal im Monat fuhr er in ein Bordell nach Holland.

So vergingen zehn weitere Jahre.

Fritz hatte tausende von Büchern gelesen und dachte daran, in seinen Grabstein meißeln zu lassen: *Hier liegt Fürchtegott, er wusste nichts, obwohl er sich stets bemüht hat, die Dinge des Lebens zu verstehen.*

Der Maler wurde schwermütig vom Alleinsein.

Ich bin einsamer als van Gogh, dachte er. Aber dann sagte er sich, dass dies gar nicht möglich war, und dass er van Gogh um das Vielfache an Jahren überlebt hatte und deswegen nicht undankbar sein durfte. Die Wahrheit aber war: Fürchtegott war tatsächlich einsamer als van Gogh.

Als er fünfundsechzig wurde, feierte Fritz mit seinen drei Tieren ausgelassen seinen Geburtstag. Eine Prostituierte aus Holland war für ein paar Scheine gekommen, um den Geburtstag zu begehen. Er schenkte ihr eine große Landschaft. Als sie wieder fuhr, vergaß sie das Gemälde.

Mit siebzig erkannte sich Fritz nicht wieder, die Einsamkeit hatte ihn entstellt, Warzen bedeckten sein Gesicht und seinen Körper. Er war halbblind und seine dünnen weißen Haare fielen auf sein Becken, so lang waren sie.

Um die Stille zu übertönen, spielte er den ganzen Tag und bis spät in die Nacht die Musik seiner Jugend.
Am Ende war es nur noch das Woodstock Album.
Die Tage fingen mit *Freedom* an und hörten mit *Star Spangled Banner* auf.

Fritz dachte viel an die Indianer, die zum Sterben das Dorf verließen, um niemandem zur Last zu fallen. Er würde dies nicht tun müssen, da er das Dorf sozusagen schon vor Jahrzehnten verlassen hatte.
Der Maler ging seine Arbeiten durch und stellte sie auf dem freien Feld vor seiner Baracke aus.
Eine Ausstellung im Freien.
Abends holte er sie wieder in den Schuppen.
Niemand und nichts, sagte er sich.
Er erinnerte sich an die gütigen Gesichter seiner Jugendzeit, Tanten und Onkel, erste Kunden, erste Sammler, seine Freundinnen und Freunde, seine zwei Ehefrauen.
Er erinnerte sich an seine Professoren, und dann kam die Depression wieder, und er dachte: *Da war nichts, da ist nichts, ich bin verloren.*
Wieso haben sie mich nur Fürchtegott genannt? Damit haben sie es mir von vornherein vermasselt!
An Fürchtegott dachte niemand mehr, die Zeit war über ihn hinweggegangen, und an Fritz wollte sich auch niemand mehr erinnern.

Maler waren Nervensägen, und die Menschen wollten wohl ein schönes Bild ab und zu, aber nicht den ganzen Maler. Und die Malerei als solche schon mal gar nicht. Dies hatte Fritz immer missverstanden.

Fritz kam es manchmal so vor, als sei sein ganzes Leben ein einziges Missverständnis.

Als Fritz achtzig wurde, verbrachte er viele Stunden damit, Filme von Jimi Hendrix zu sehen. Er fühlte sich geborgen, wenn er diesem Mann beim Spielen zusah, er sah zwar nur noch bunte Schatten, aber dran hatte er sich längst gewöhnt. Mittlerweile kannte er alle Lieder auswendig. Manchmal träumte er, dass Hendrix ein neues Album herausgebracht hatte, und dann hörte er im Schlaf Nummer für Nummer, und die Lieder waren überwältigend.

Der Maler war fünfundachtzig, da kreiste ein UFO über dem Feld neben der Baracke. Fritz stolperte mit seinem Hund hinaus und stand in dem strahlenden Licht:
Habt Erbarmen, nehmt mich auf, gebt mir ein zu Hause, mir und dem Hund. Nichts tat sich. *I'm experienced!!,* versuchte er es auf Englisch. *Helft mir doch*!, schrie er in die Einsamkeit der Nacht.
Das UFO schien zu überlegen, dann machte es die Luken dicht und schoss in ungeahnte Höhen.
Fritz brach weinend zusammen.
Der Hund heulte vor Kummer auf.

Zwei Jahre später starben die zwei Katzen, dann der Hund.
Fritz fiel auf, dass er ihnen keine Namen gegeben hatte.
Er weinte bitterlich.

Fritz wurde achtundachtzig, als er einen Schlaganfall bekam und die Sprache verlor. Er suchte keinen Arzt auf, sondern beließ es bei der Sprachlosigkeit und kleineren Lähmungserscheinungen.

Da er niemanden zum Reden hatte, ging es auch gut ohne Sprache.

Ein Jahr später, Fritz saß an der Staffelei und malte eine große Regenlandschaft, Hendrix' *Band of Gypsys* lief mit großer, satter Lautstärke, brach er bei dem Lied *Changes* tot zusammen.

Mit dem Gesicht schlug er hart auf die am Boden liegenden Tuben auf. In seiner rissigen Hand steckte ein Zehnerpinsel voll frischem Neapelgelbrötlich.

Ein halbes Jahr später wurde der Maler gefunden. Dem Briefträger war aufgefallen, dass der übliche Terpentingeruch einem anderen, dem Geruch des Todes und der Verwesung gewichen war.

Der Besitzer der Baracke kam und hielt sich das Taschentuch vor Nase und Mund.

Später besprach er sich mit seinem Hausmeister:

>>Was machen wir denn mit all den Bildern? Angehörige hat der Mann ja keine.<<

>>Vielleicht verkaufen?<<

>>Aber an wen?<<

>>Da bin ich überfragt.<<

>>Ich auch. Sagen Sie mal, Fürchtegott Hartmann, eigentlich ein gruseliger Name, finden Sie nicht?<<

>>Ja.<<

Die beiden stiegen wieder in ihre Autos.

Als sie wegfuhren, bemerkten sie nicht, wie ein silbrig funkelndes UFO am blassen Tageshimmel kreiste und für eine Sekunde Fürchtegott und Jimi Hendrix aus einem dreieckigen Fenster winkten. Ein Fenster weiter lachten zwei Katzen und ein Hund.

Was der glückliche Fritz nicht wusste, war, dass es Außerirdische nie gegeben hatte, und dass Gott seinen Engeln das UFO-Fliegen schon seit langer Zeit gestattete, da es ihnen soviel Freude bereitete, und weil der eine oder andere Verstorbene sich im Paradies langweilte und gerne an den Rundflügen und den Transporten geschundener Seelen teilnahm.

Das Leben war schön. Aber so richtig klar wurde es Fürchtegott erst jetzt.

Die Baracke fiel genau in diesem Moment in sich zusammen und begrub die vielen Bilder unter sich.

>>Wir können fahren!<<, rief Fürchtegott erleichtert.

Der Hund bellte glücklich, und Jimi Hendrix nickte und rief der Erde zu:

>>Thank you for your patience.<<

Das UFO schoss in immense Höhen.

Die Sache mit Utrillo, Modi und dem Dichter

Sven Kittner brachte Ende der siebziger Jahre eine Sammlung Gedichte heraus, ein kleiner Verlag hatte eine ansprechende Ausgabe, die liebevoll und sorgfältig gestaltet war, veröffentlicht, und da Sven gerade mal zwanzig Jahre alt war, berichteten einige Tageszeitungen darüber, überschwänglich, wie man sagen musste. Fünf Jahre später veröffentlichte Sven seinen zweiten Gedichtband, aber kaum jemand nahm davon Kenntnis.

Der erste hieß: *ZeitSommerZeit UND Regen*.

Der zweite: *Scherben bringen mich zum Klang EINS*.

Sven studierte Germanistik und Philosophie.

Nach sechs Semestern gab er sein Studium auf, da war er Mitte zwanzig.

Mittlerweile war er Ende vierzig.

Seit Jahren sprach er davon, nun einen Roman zu schreiben, es sollte tausendfünfhundert Seiten umfassen.

>>Alles, was darunter liegt, kann jeder.<<

Und wenn man ihn fragte, wovon er handeln würde, drehte er sich angewidert weg:

>>Jeder fragt das, als sei das entscheidend.<<

Und wie sollte er heißen?

>>Nun, das kann ich verraten: *Kreis Sein*.<<

Als ich ihn nach vielen Jahren neulich wieder sah, war ich verblüfft, wie gut er aussah. Sein langes, glattes, wenn auch gefärbtes Haar, umrahmte sein zartes, feines, ovales Gesicht schmeichelnd, seine Figur war tadellos, Sven war schlanker als früher, und er war vollständig in Weiß gekleidet.

>>Wie geht's dir denn so?<<, fragte ich offen.

>>Ich denke, das sieht man, mir geht es ausgezeichnet.<<

>>Ja.<<

Er spazierte mit durchgedrücktem Kreuz neben mir her und wedelte ständig den Rauch weg, den meine Zigarette verursachte.

>>Bist du noch mit Kati zusammen?<<

>>Nein, nein, die hat drei Kinder mit irgendwem, könnte eine fette Tante von mir sein. Wie kann man sich nur so gehen lassen? Ich habe damals nicht genau hingeschaut, was sie anging.<<

>>Und Dein Schreiben?<<

>>Ausgezeichnet, bald hab ich den Roman soweit, ein ungeheuer kompliziertes und raffiniertes Stück Arbeit, das kann ich dir sagen. Ich will nicht zuviel sagen, aber ich habe mich selbst übertroffen. Soviel ist sicher.<<

>>Oh<<, sagte ich und glaubte diesen Dialog zu träumen, so affig war er.

>>Zurück zu deiner Frage, ich lebe nun mit Fabiola und der Leonore zusammen. Du wirst sie vermutlich nicht kennen.<<

Da lag er falsch, ich kannte die beiden. Fabiola und Leonore waren zu unserer Zeit bekannt an der Kunstakademie. Ihre Namen hielt ich für erfunden, vermutlich hießen sie Ulrike und Sabine. Ihre Performances waren stinklangweilig, immer traten sie als Duo auf, so dass wir alle dachten, sie seien auch ein Paar. Einmal gingen sie auf Stelzen durch den Raum, ich glaube, es war die Klasse Heerich. Es war während des jährlichen Rundgangs. Als die Presse kam, machten sie die Performance unbekleidet, für die Besucher später in Trikots. Diesen billigen Trick fanden wir noch beschämender als die alberne Performance selbst.

>>Doch, die beiden kenne ich aus der Aka, machen die immer noch in Kunst?<<

>>Nein, Fabiola ist Eventmanagerin und Leonore hat ein Studio, Hand- und Nagelkosmetik.<<

>>Hand- und Nagelkosmetik?<<

165

>>Ja, find ich okay, find ich völlig in Ordnung.<<

>>Hm, ja, warum auch nicht.<<

Ich schaute auf meine Uhr und unter dem Vorwand, es eilig zu haben, wechselte ich die Straße.

Als ich mich kurz umschaute, sah ich Sven wie erleuchtet die Straße abschreiten.

Ich hatte diese dumme Begegnung schon vergessen, als mich mein Freund Finn anrief:

>>Hi Udo! Du wirst nicht glauben, bei wem ich neulich eingeladen war!<<

>>Und bei wem?<<

>>Bei Sven Kittner und seinen Tussen und rate mal, wer die waren, du lachst dich weg...<<

>>Fabiola und Leonore.<<

Er stockte.

>>Eh, ja, genau.<<

>>Ich hab Sven zufällig getroffen, neulich, weißt du, völlig verblödet mittlerweile, aber er sieht zwanzig Jahre jünger aus als wir.<<

>>Kein Wunder, die Tussen halten ihn aus.<<

>>Was?<<

>>Ja, sicher.<<

>>Na gut, von irgendwas muss man ja leben<<, sagte ich und dachte daran, dass ich jede Gelegenheit, mich versorgen zu lassen, verpatzt hatte.

Seltsamerweise hatten viele von unseren Kollegen von damals Lehrerinnen geheiratet.

Ich hätte selbst Lehrer sein können, blieb aber bei der Malerei und heiratete überdies noch eine Malerin. Maler und Malerin, mir schien das perfekt zu passen.

Manche unserer Leute heirateten Apothekerinnen, Ärztinnen oder Anwältinnen.

Aber eine Eventmanagerin tat es sicher genauso, dann noch ein Nagelstudio dazu, nicht schlecht, da kam sicher was zusammen.

Finn zum Beispiel hatte auch alle Gelegenheiten der Versorgung verpatzt, eine russische Stripperin und Reisebegleiterin geheiratet, der er ständig Geld anbot, damit sie ihre Jobs an den Nagel hängte.

Er malte und verkaufte wie der Teufel, um ihr noch mehr Geld bieten zu können. Mittlerweile schien er dies aufzugeben und spielte auf Zeit.

>>Das Strippen und der Rest erledigt sich von alleine. Und wenn Ludmila auch fünfundzwanzig Jahre jünger ist als ich, die Sechzehnjährigen, und nicht nur die russischen, scharren schon mit den Hufen, um ihre Arbeit zu übernehmen<<, sagte er nun häufig und erleichtert.

Finn hatte seinen Hustenanfall beendet:

>>Das war so, als ich Leonore mal auf einer Verni traf, da hat sie geschwärmt von einer Beziehung zu dritt, weg von der konventionellen Paar-Situation und so. Kam 'ne Menge Müll rüber, jedenfalls sprach sie von Sven wie von einem Guru, sehr schräg. Offene Liebe, keine Eifersucht, man müsse ihm helfen, ihn schonen, schon wegen seines Romans, der so umfangreich sei, dass er eigentlich in zwei Bänden erscheinen müsse und so weiter. Am Ende fragte sie mich, ob ich sie nicht für einen Freundschaftspreis auf die Schnelle malen könne. Der große Meister hatte nämlich bald Geburtstag, und sie suchte ein besonderes Geschenk. *Und was sagt Fabiola dazu?*, fragte ich sie. Da blitzten kämpferisch die Augen von diesem Luder auf und sie sagte, das sei schon okay. Also soviel zu weg von der konventionellen Paar-Situation.<<

>>Und dann?<<

>>Hast du Zeit?<<

>>Sicher.<<

>>Lass uns in der Altstadt treffen.<<

>>Okay.<<

Zwei Stunden später standen wir in unserer Lieblings-kneipe am Tresen.

Finn tankte ordentlich. Vor ihm stand ein kleines Wod-kagläschen, und auf seinem Deckel waren schon so einige Striche.

Ich bestellte trockenen Roten.

>>Na gut, also kam sie in mein Atelier, und als ich nach einer Leinwand kramte, zog sich Leonora blitzschnell aus.

Wie, nackt? fragte ich verblüfft, ich meine, sie ist ja keine zwanzig mehr.

Ja, das möchte ich so, und komm mir nicht zu nahe, nutz die Situation jetzt bitte nicht aus, sagte sie allen Ernstes.

Mir kamen fast die Tränen, als ich sie sah, meine Güte, so ein verlebtes Stück und dann dieses aufgesetzte Kinderstimmchen. Ich musste erstmal was trinken, ein-fach, um das ganze Theater auszuhalten, verstehst du?<<

Ich lachte müde.

>>Also hab ich rasch das Bild skizziert und sagte ihr, dass ich nun alles hätte und das Bild in Ruhe vervoll-kommnen würde. Endlich rauschte sie ab.<<

>>Hm.<<

Finn und ich gingen auf die Straße, um zu rauchen.

>>Rauchverbot in 'ner Kneipe, Jesus, früher undenk-bar<<, sagte Finn.

>>Früher gab es nicht mal das Wort *Passivrauchen.*<<

>>Früher war mit Sven Kittner vielleicht mal was los.<<

>>Nein, das nun wieder nicht.<<

>>Aber der erste Gedichtband...<<

>>... war fürchterlich.<<

Wir gingen wieder hinein und tranken weiter.

>>Als das Bild fertig war, lud mich Leonore zum Essen ein. Sven hockte in seinen weißen Klamotten auf dem Sofa, links Fabiola und rechts von ihm räkelte sich

Leonore. Die zwei Tussen, bis über beide Ohren verliebt, himmelten ihn an, und jedes Wort, noch das Blödeste, was er von sich gab, wurde von denen wie eine Message empfangen. Mir wurde es ganz anders. Um die Situation ein wenig aufzulockern, erzählte ich unsere Lieblingsgeschichte von Utrillo und Modi, weißt du, wie die beiden besoffen und bekifft ins Atelier kommen, keine Ahnung, war es das von Modigliani, glaube schon, aber egal, und wie die den Dichter in der Etage unter ihnen zu Tode erschreckten. Das mit der Schreibmaschine...<<

>>Ich krieg die Geschichte jetzt selbst nicht mehr auf die Reihe. Soweit ich mich erinnere, warfen sie seine Schreibmaschine durchs Dachfenster.<<

>>Ja.<<

>>Aber wieso hatten sie seine Schreibmaschine?<<

>>Ist doch egal, jedenfalls hassten sie diesen Schöngeist mit der Pomade im Haar und seinen Oden an dies und das und sonst noch was.<<

>>Ja.<<

>>Es ging bei der Geschichte genau um so jemanden wie Sven Kittner, da bin ich mir sicher.<<

>>Hm.<<

>>Sven fand die Geschichte überhaupt nicht komisch. Vielleicht hab ich sie auch nicht richtig erzählt, keine Ahnung, er wurde jedenfalls ziemlich eisig. Na und dann hab ich das Bild aus der Decke geschlagen, und kaum sahen die drei es, sprang Fabiola auf und scheuerte Leonore eine: *Du Miststück, du Schlampe, das hätte ich wissen müssen, Sven ist sowieso eher mit mir als mit dir zusammen, und dieses Scheißbild wird auch nichts daran ändern...*

Sven sah plötzlich nach Migräne aus.<<

Ich lachte und konnte nicht aufhören.

Finn fiel ins Husten und Wiehern ein, und wir hielten uns mit Mühe am Tresen fest.

>>Gott sei Dank hatte ich meine Kohle schon, das Bild konnte nun keiner mehr leiden. Ich musste da raus, reinstes Irrenhaus, kann ich dir sagen.<<

>>Glaub ich.<<

>>Und das Beste kommt noch. Als ich zur Tür ging, rannte Fabiola hinter mir her und sagte: *Du kannst ja nichts dafür, tut mir leid, aber das hier ist echt die Hölle.*

Ist schon okay, sagte ich ehrlich. Da sah sie mich völlig erledigt an und sagte: *Diese scheiß Eifersucht jeden Tag, das ist schon ätzend genug, aber der Sven, ich meine, ich liebe ihn wirklich, aber von dem Roman, von dem immer die Rede ist, existiert nicht eine Seite. Aber erzähl das bloß nicht weiter.*

Ich machte, dass ich Land gewann, ehrlich. So eine Klapsmühle, schlimmer als in den besten Tagen auf der Aka.<<

Finn bestellte noch drei Gläschen, und ich sagte dem Wirt, er solle die Flasche Roten doch einfach auf dem Tresen stehen lassen.

Dann versuchten wir herauszufinden, wie sich die Sache mit Utrillo, Modigliani und dem Dichter wirklich abgespielt hatte, aber wir kriegten die Geschichte nicht mehr auf die Reihe.

Und eigentlich machte das auch nichts, denn die Geschichte war so oder so unschlagbar.

Dann kennen wir uns nicht mehr

Unsere Ehe schien derart in Schieflage, dass es nahezu egal war, wohin wir gemeinsam fuhren, denn wir blieben jeder für sich und waren nur nebenher als Paar unterwegs. Galina saß, wenn auch zufällig, im Flugzeug mehrere Reihen von mir getrennt. Ich sah sie mit einem Paar in der Reihe vor sich reden, vermutlich ebenfalls Russen. Es war angenehm, dass ich nichts von der Unterhaltung mitkriegte. Ich fand es mittlerweile widerlich, wie Galina sich an Leute heranmachte, früher hatte ich es aufregend gefunden.

Wir checkten nachts im Mercure Hotel Pattaya, Second Road Soi 15 ein.

Ich stand auf dem Balkon und rauchte. Die süßliche, warme und feuchte Luft erinnerte mich an meine erste Reise nach Thailand.

Damals ging es mir schlecht, aber wesentlich besser als jetzt.

Galina telefonierte, ich betrachtete sie und kriegte Magenschmerzen.

>>Das war Svetlana. Müssen unbedingt ein paar Punkte besprechen.<<

>>Wer ist Svetlana?<<

>>Die Frau aus dem Flieger. Ihr Mann heißt Dimitrij, sind wirklich total interessante Leute.<<

>>Morgen sind es wieder die letzten Bauern, das kenne ich schon.<<

Vielleicht war dies die letzte Reise mit Galina, dachte ich.
Diese Reise war ein Fehler, das spürte ich. Jede Reise mit Galina war ein Fehler. Wir reisten, weil wir uns nicht mehr ertragen konnten und dachten, vor einer anderen Kulisse wäre es einfacher.

Wir hatten den richtigen Zeitpunkt uns zu trennen verpasst, und der war drei Tage, nachdem wir uns kennen gelernt hatten. Nun war alles reichlich fortgeschritten: Wir waren seit drei Jahren verheiratet.

Im Reisebüro wollte ich Phuket wählen, Galina aber tippte zielsicher auf Pattaya, die Touristen und Sexmetropole schlechthin, der dreckigste Ort Thailands. Bis zum Vietnam Krieg war Pattaya ein kleines Fischerstädtchen. Das war lange her.

>>Ich möchte was erleben<<, sagte Galina.

Wer wollte das nicht?, dachte ich müde.

Ich betrachtete Galina, als sie eingeschlafen war. Wir hatten neben all dem Unvereinbaren auch Gemeinsamkeiten, manchmal war es, als seien wir beide in einem russischen Plattenbau am Stadtrand groß geworden. Ihre Kindheit in der Ukraine, der Großvater, der sie verwöhnte und für den Rest ihres Lebens verzog und verdarb, dann die Schwierigkeiten mit den Eltern in Moskau, eine Vergewaltigung und eine Abtreibung in einem Haus ohne Bewohner. Später dann die unsäglichen Reisebegleitungen. Meine Melancholie und ihre Abgründe, da fühlten wir etwas Gemeinsames, vermutlich blieben wir auch deswegen zunächst zusammen. Wir fanden uns in dem Schlechten und Dunklen, vor dem wir uns beide fürchteten und das wir beide kennen gelernt hatten.

Es gab auch gute Momente, die wir hatten. Aber alles in allem war das, was wir waren, ein lächerliches Paar.

Und das verzieh sie mir und ich ihr nicht.

Selbst an Tagen, an denen wir viel gelacht hatten, blieben wir im Innersten unversöhnlich und warteten auf Krieg.

Wir beide schienen die Unehrlichkeit erfunden zu haben, die Übertreibung und das Verschlagene. Zumindest stellten wir Dinge auf den Kopf, mit denen man anders umgehen sollte.

Schon am Abend unserer Trauung überfielen uns die große Langeweile und der Verdruss.

Ich konnte mich nicht beklagen, denn alle, die mich kannten, hatten händeringend von dieser Ehe abgeraten. Galinas Leute auch, wenn auch aus ganz anderen Gründen: Ich war nicht der Jackpot.

>>Wenn du mir noch einmal mit *Pretty Woman* kommst, kotze ich, Galina<<, sagte ich.

Und sie hielt an diesem Schmachtfetzen fest, als sei es ein Dokumentarfilm, ein Schulungsfilm für ganz Ausgeschlafene.

Berufswunsch Nummer eins für russische Mädchen war Prostituierte. Es klang unwahrscheinlich und absurd, aber es schien zu stimmen.

Galina bestätigte mir das lächelnd.

Svetlana später auch.

Das wollte nichts heißen, und vielleicht sollte man Statistiken nicht immer Glauben schenken, vermutlich war alles nur ausgemachter Blödsinn.

Als ich Galina kennen lernte, war ihre Brieftasche prall gefüllt mit Scheinen unterschiedlichster Währung, und ihr Notizbuch voller Telefonnummern, mir schien, es waren mehr als ich Bilder in meiner Garage hatte, und ich hatte viele darin, weil es in meinem Malzimmer vor frischen Bildern zu eng wurde.

Es gab Prostituierte, die ihrer Arbeit nachgingen, und das war in Ordnung so, dann gab es aber Prostituierte, die den Leuten Sand in die Augen streuten und sich als etwas verkauften, das sie nicht waren. Und genau das war eines unserer Probleme.

Ich hatte Galina zu viel von mir erzählt und sie mir von sich. Das Wesentliche aber ließen wir beide unter den Tisch fallen.

Das Wesentliche war: Wir passten nicht zusammen.

Und wir hatten Vorstellungen vom Leben, die unterschiedlicher nicht sein konnten.

Wir trafen Svetlana und Dimitrij in einem Restaurant an der Naklua Road.
Sie war ausgesprochen hübsch, ein paar Jahre jünger als Galina, und Dimitrij zwei Meter groß, breit wie ein Schrank und hatte ein mörderisches Kindergesicht. Dimitrij und ich hatten denselben Humor, das machte den Abend leicht. Svetlana und Galina sprachen typischerweise über allerlei Geschäftsideen.
Dimitrij war Alkoholiker und brauchte eine Flasche Cognac am Tag, die Biere zählte er erst gar nicht. Seine Frau kannte das und beklagte sich nicht. Sie waren seit ihrer Jugend zusammen. Dimitrij deutete öfters dunkel an, wie er Svetlana aus irgendeiner Geschichte rausgeholt hatte, und Svetlana erzählte, dass Dimitrij einmal als Türsteher etwas ganz Böses getan hatte.
>>Sag nicht, dass du jemanden um die Ecke gebracht hast<<, sagte ich.
>>Du wirst es nicht glauben, mein Freund, aber genau das habe ich getan<<, sagte er und lächelte mich fast verliebt an.
Galina zuckte nicht mit der Wimper.
Svetlana machte dem Nebentisch schöne Augen.
Wir sprachen wieder über andere Dinge und widmeten uns dem Hummer.

Am nächsten Tag gingen wir an den Strand. Da wir die Gegend nicht kannten, kamen wir an den South Beach Pattaya. Das Wasser war verschmutzt, und Händler gingen mit ihrem Zeug auf und ab. Wir vier saßen in unseren Plastikstühlen wie in Sotschi.
Am übernächsten Tag waren wir wieder da.

Ich hatte seit mehr als einem Jahr keinen Tropfen mehr getrunken, und Dimitrijs Trinkerei machte mich durstig, das Gerede von Galina und die kalte Schönheit Svetlanas ebenfalls.

Wir schlenderten über den Markt an der Soi Buakaow, als ich mir Dimitrijs Cognacflasche schnappte und sie zur Hälfte leerte, und dies nahezu in einem Zug. Mein Durst war ungeheuer.

Die drei waren gerade vertieft in ein endloses Feilschen, und als sie sich wieder zu mir umdrehten, war ich sozusagen von jetzt bis gleich sturzbetrunken.

Dann erinnerte ich mich noch, dass ich in South Pattaya, dem früheren Hafenviertel, plötzlich Tuk-Tuk Fahrer beleidigte, und dass sich ein großer Kreis von zornigen, kleinen, drahtigen Asiaten um mich bildete, was mich zu immer neuen Hasstiraden bewegte.

Auf dem Höhepunkt meiner unsinnigen Beschimpfungen zogen drei kleine Männer die Messer und Dimitrij fühlte sich veranlasst, die Situation zu entschärfen.

Auf Englisch sagte er den Männern, ich sei zwar verrückt, aber wer mir ein Haar krümmern würde, den schlüge er ohne Vorwarnung tot.

Da die Asiaten einen derart riesigen Menschen selten, wenn nicht niemals, gesehen hatten und eine solch deutliche Ansage befremdlich fanden, blieben sie ratlos stehen und sahen auf ihre Schuhe.

Dimitrij trug mich ins Hotel zurück.

>>Ihr könnt mich alle mal, ich fliege morgen weiter nach Manila<<, lallte ich.

>>Ganz ruhig, mein Freund<<, brummte Dimitrij.

Dieser Vorfall hatte ihn so mitgenommen, dass er am nächsten Tag zwei Flaschen Cognac trank und mit seinem ganzen Gewicht in die Hotelbar fiel.

Eigentlich war Dimitrij sensibel und auf Harmonie bedacht. Svetlana konnte ich nicht einschätzen.

Es war auffällig, dass Galina, Svetlana und Dimitrij ständig aneinander vorbei zu reden schienen.

>>Manchmal kommt es mir vor, als ob deine Frau ein anderes Russisch spricht als Sveta und ich<<, sagte mir Dimitrij einmal.

Wir verbrachten ein paar Tage an den sauberen Stränden Wong Amat am Jomtien Beach. Die Männer drehten sich nach Svetlana um. Dimitrij kochte. Galina nervte mit ihren Reden über neue Geschäftsmodelle, die niemand hören wollte und die niemals in die Tat umgesetzt wurden, da dies sowieso nicht beabsichtigt war.

Dimitrij war konservativ wie viele Trinker und wollte von den Prostituierten nichts wissen.
Galina bestellte zwei junge Frauen auf unser Zimmer.
Die Frauen hatten Angst vor ihr und sahen mich hilfesuchend an.
Svetlana kam auf unser Zimmer, als Dimitrij in deren Appartement randalierte.
Bei uns war gerade ein sehr junges Mädchen da.
Das brachte Svetlana auf Gedanken.
Als das Mädchen mit den niedlichen Brüsten seinen Schwanz zeigte, schrie Svetlana begeistert auf:
>>Wahnsinn! Aber das kann ich Dimitrij niemals erzählen, der bringt mich um.<<
Shemales gab es hier einige.
Galina kriegte Kopfschmerzen und einen dunklen Blick.
Ich ging auf den Balkon eine rauchen.
Drinnen ging es zur Sache.

Eines Nachts, Galina schlief, verließ ich das Hotel, und ein neuer Mitsubishi hielt neben mir auf der Straße an.
>>Mister, you want something special?<<
Ich stieg ein, und der Mann fuhr ohne weitere Worte los.

Niemand wusste, wo ich war, dachte ich, meine Familie nicht, meine Freunde nicht, Galina sowieso nicht, niemand eben.

Auf der Walking Street hielt er an, und wir gingen in den *Nui's Club 2*. Ich sah, wie der Fahrer vom Manager bezahlt wurde.

Dann betrat ich ein Hinterzimmer, in dem eine junge Frau, die unter Drogen zu stehen schien, mich empfing.

Nach einer Stunde verließ ich den Laden, ging auf die andere Straßenseite, holte mit der Karte an einer Exchangebude etwas frisches Geld und betrat einen Laden, der *Sisterz* hieß. Dort trank ich Mekong Whisky und sah den Stripperinnen zu.

Ich trank und trank und wurde nicht betrunken.

Gegen Morgen fuhr mich ein anderer Mitsubishi ins Hotel zurück.

Am nächsten Tag saßen Svetlana, Galina, Dimitrij und ich am Hotel Pool, und ich schlug eine deutsche Zeitung auf und las, dass Rio Reiser tot war.

Meine Melancholie konnte stärker nicht mehr sein.

Dimitrij und Svetlana schienen sich in der Nacht zuvor gestritten zu haben. Sie hatte ein blaues Auge und er hatte frische große Kratzspuren am Hals und auf der Stirn.

Galina versteckte sich hinter ihrer Sonnenbrille.

Ein halbes Jahr später rief Dimitrij mich im Atelier an und sagte:

>>Mein Freund, ich sag dir nur eins: trenn dich von deiner Frau.<<

>>Wie kommst du jetzt darauf?<<

>>Ich bin Russe, ich kenne Russinnen. Galina hat sogar mich angemacht. Du bist ein Idiot, Galina hätte dir für die Papiere fünftausend geben sollen oder auch zehn, stattdessen macht sie dich zum Hampelmann.<<

>>Aber...<<

>>Ich kann nur dein Freund sein, wenn du dich von ihr trennst. Wenn nicht, dann kennen wir uns nicht mehr.<<
Dann legte er auf.

Ich erzählte Galina nichts von dem Anruf. Ich erinnerte mich, wie sie, als wir nach unserer Reise in Frankfurt ankamen, sofort mit einem Mann telefonierte. Dimitrij war es bestimmt nicht. Irgendwer, wieder ganz dringend, wieder eine von all den Nummern. Es hatte mir einen Stich versetzt. Aber der Schmerz war nichts im Vergleich zu den Schmerzen, die ich hatte, als ich Galina noch nicht richtig kannte.

Einige Monate später erzählte mir Galina, dass sich Svetlana von Dimitrij getrennt und mit ihrem neuen Freund einen grauenhaften Autounfall gehabt hatte. Sie lag Monate im Krankenhaus, sämtliche ihrer Knochen waren gebrochen, und sie hatte Schnittwunden am ganzen Körper. Der neue Freund war tot, der Unfall schien unerklärlich.

Als Galina mich ein Jahr später nach einem heftigen Streit verließ, ging ich wie gewohnt meiner Arbeit im Atelier nach. Wenn sie anrief, legte ich auf oder ließ die Maschine laufen.
Ich konnte nur mein Freund sein, wenn nun endlich Schluss mit Galina war.
Und ganz langsam wurde ich wieder gesund.
Rückschläge inbegriffen.

Einfach kompliziert

Am Nachmittag rief mich jemand an, der ein Portrait machen wollte. Für eine Zeitung. Schon während des Gesprächs merkte ich, wie die Dinge durcheinander gerieten, trotzdem war ich erfreut. Wenig später erhielt ich eine Mail: *Kann ich Ihnen vielleicht über die Schulter schauen, wenn Sie arbeiten?*
Mir fiel ein Film über Markus Lüpertz ein, in dem er frohen Mutes und voller Kraftsprüche der weißen Leinwand auf der Staffelei gegenüber stand. Erst ging es ganz gut: Er skizzierte mit schwungvollem, selbstbewusstem Strich ausladende Kompositionen. Lüpertz gefiel es außerordentlich, dass man ihm über die Schulter sah. Allmählich kam er durcheinander: Redete er gut und sagte bemerkenswerte Dinge, malte sein Pinsel plötzlich kleinlaut. Und umgekehrt. Er verlor mehr und mehr die Kontrolle, das Bild machte sich selbstständig. Lüpertz hantierte außerdem mit großen Wassereimern, die Acrylsuppe war nicht gut, alles lief in falsche Richtungen, und wenn er mit Öl höhen wollte, schmierte die Farbe einfach weg, das Bild war nahezu verloren. Er kippte einen ganzen Eimer Farbwasser gegen die geschundene Leinwand, kratzte mit Messern, Spachteln, Holzscheiten alles wieder ab, malte erneut, die Farbe wurde immer grauer, die Komposition war längst dahin. Lüpertz wurde schweigsam, spuckte gegen die Leinwand, fluchte, trat gegen die Staffelei, es half alles nichts. Man hatte einen Film gedreht, der zeigte, wie ein Mann ein Bild kaputt malte, wie er es verlor und wie ein Tag, der gut anfing, ins Rutschen kam. Man konnte förmlich die Leere nachempfinden, die Lüpertz jäh überkam. Ich habe ihn immer dafür geschätzt, dass er zu dem Film stand und die Ausstrahlung nicht unter-

sagte. Das hatte Größe, das gefiel mir. Der Rektor der Kunstakademie ließ sich beim Kaputtmalen eines Bildes über die Schulter schauen: soviel Selbstbewusstsein musste man erstmal haben. Er erwies dem Ruf der Akademie einen großen Dienst, und das meinte ich nicht ironisch: Lüpertz führte uns allen vor, wie kompliziert letztlich die Malerei war und blieb, und dass mit ihr nicht zu spaßen war. Und dass sie jederzeit selbst einem Malerfürsten die dreckige Zunge rausstrecken konnte.

Ich überlegte, ob es mir möglich war zu malen und zu reden. Es ging nicht, ich kannte mich. Ich hörte beim Malen Musik, und ich konnte keine Fragen beantworten, die in die Richtung gingen, ob man von Malerei leben konnte oder was das war, was man tat.

Ich wollte ein wahres Portrait und hätte doch so leicht einen ganz anderen Menschen erfinden können, der auch gestimmt hätte. Mir kam die Idee, eine meiner Videoarbeiten als kleine Performance zu inszenieren: *Die Pinselbelegung.* Ein Modell würde sich unbekleidet auf den Fußboden legen, und ich würde es langsam mit hundert neuen, unschuldigen Pinseln belegen. Danach könnte ich mit dem Herren das Gespräch beginnen. Wäre das der Einstieg in ein wahres Portrait? Eigentlich eher, als würde ich malen. Ich habe einmal ein Bild gemalt, als ein Fotograf eine Serie machte, *Künstler bei der Arbeit.* Die Fotos waren ausgezeichnet, aber mein Bild war schlecht. Diese Erfahrung wollte ich kein zweites Mal machen.

Ich konnte mich nicht inszenieren und allen Ernstes ein gutes Bild erhoffen. Es gab Grenzen.

Zum Glück sollte bei mir kein Film gedreht werden, sondern der Herr würde lediglich schüchtern ein Foto aus der Hüfte schießen.

Im Vordergrund standen Fragen. Ich hoffte auf gute Fragen. Vermutlich kamen aber auch die, die alles andere als gut waren.

Diese Fragen, warum man der war, nach dem es auszusehen schien, wie man sich durchgeschlagen hatte, wie der Kunstmarkt funktionierte, wie die Akademien waren, all diese Fragen waren schwierig genug und zum Teil kaum beantwortbar, und dabei auch noch malen: unmöglich.

Wieso man im Lexikon stand, wieso man dies gemacht hatte und jenes, warum man so viele Filme gedreht hatte, obwohl man Maler war, und was es mit dem Schreiben auf sich hatte, und ob der erotische Roman von neulich pornografische Inhalte hatte. *Pornografie ist, wenn man schlechte Bilder für gute ausgibt und dann auch noch lausig über all das schreibt,* würde ich sagen. Aber was waren gute und schlechte Bilder? Ich wusste jetzt schon, dass es darauf hinaus lief. Es war weniger ein Intelligenzproblem als das Problem verschiedener Welten.

Ich wollte den Herrn nicht enttäuschen, denn er wollte ja ernsthaft Dinge erfahren. Und er hatte mich von alleine gefunden, das war schon mal bemerkenswert. Die Pinselbelegung, vielleicht doch. Ich könnte sagen: *Mein Lieber, heute Ihnen zu Ehren meine dritte Pinselbelegung. Setzten Sie sich doch. Einen Kaffee? Schwarz? Oh, mit Zucker und Milch, ja, einen Moment, ist gleich fertig. Und gleich geht es los.*

Das Modell würde nackt durch mein Atelier gehen, auf und ab, unschlüssig, mit wem und mit was es zu tun hatte. Modellstehen ohne Shooting, das war immer heikel.

Ich verfügte noch nicht mal über Telefonnummern von Modellen und müsste meinen Nachbarn, den Fotografen, bemühen.

Außerdem müsste ich zahlen, was mir widerstrebte.

Ich brauchte keine Modelle, das war die Wahrheit. *Ich male immer alleine, niemand darf mir über die Schulter schauen. Verlangen Sie nicht, dass ich mich zum Affen mache.*
Warum all die Filme? würde er fragen.
Wenn ich das wüsste.
Natürlich wusste ich, warum all die Filme, aber das konnte man nicht auf einer dreiviertel Seite Zeitung erklären.
Schon am Telefon stockte es bei der Beuys Thematik. Bei Picasso auch, dann sagte ich Dali habe *Hidden Faces* geschrieben. *Ja, der,* sagte der Herr, *und wer noch?*
Nur er, sagte ich.
Vieles erklärt sich kunstgeschichtlich, sagte ich.
Beuys konnte nur in seiner Zeit groß werden, sagte der Herr.
Lassen Sie uns lieber über Immendorff reden, dachte ich, *der ist zwar auch zerredet, aber nicht so nachhaltig wie Beuys.*
Ich dachte an die gnadenlose und großartige Zeichnung *Intuition* von Joseph und daran, dass es völlig sinnlos *war,* über Beuys zu sprechen, ohne ihn zu lieben.
Nein, ich denke, Sie irren sich, Beuys wäre zu jeder Zeit in Erscheinung getreten, nur hätte er dann nicht Beuys geheißen, sondern Schwitters oder halt Duchamp, aber die hatten ja eigene Namen und wären zu anderer Zeit...
Es hatte keinen Sinn. Das einfachste wäre, der Herr würde mein Freund und hielte für die nächsten zehn Jahre Kontakt, dann kämen wir der Sache schon näher, und vielleicht könnte er mir dann einmal bei der Arbeit über die Schulter schauen, falls er dann überhaupt noch daran Interesse haben würde.
Morgen sollten es dreiunddreißig Grad werden, der Ventilator lief sich bereits warm. Am Rheinufer lagen jetzt schon die ersten Herbstblätter, aber der Sommer, obwohl in den letzten Zügen, wollte es allen noch mal so richtig zeigen. Übermorgen sollte der heißeste Tag des Jahres werden mit siebenunddreißig Grad.

Meine Frau und ich hatten zu tun. Viele Dinge waren zu erledigen, und es war zu spät, Mitte August so zu tun, als habe der Sommer am See gerade erst begonnen, und wenn der Sommer sich hier in nichts auflöste, wollten wir nach Montenegro fliegen, um zu sehen, wie es woanders war, wenn der Sommer selbstbewusst vor die Staffelei trat.

Gut, dachte ich, wieso so ängstlich, wenn der Herr im Herbst kommt, dann fackele ich nicht lange, ein Modell steht im Raum, ich habe zwei Tuben Öl in der Hand und skizziere damit direkt auf eine große Leinwand, und mit zusammengekniffenen Augen male ich das ganze Ding in atemberaubender Geschwindigkeit herunter. Schließlich war ich kein Anfänger.

So geht das hier jeden Tag, würde ich sagen, *jeden Tag ein Knaller und jeden Tag ein anderes Modell, und dann verkaufe ich das frische Bild an einen Kunden, der schon lange auf der Warteliste steht.*

Heute habe ich mich selbst übertroffen, ich wusste gar nicht, dass ich so gut bin, würde ich sagen und das halbherzige Bild verliebt anschauen.

Nein, würde ich dann aber doch sagen, *lassen wir das alles, die Dinge sind zu kompliziert. Sagen Sie mir einfach, was Sie wissen möchten.*

Wer sind Sie? würde er fragen.

Gute Frage, sagte ich.

Erstmal kam Montenegro, dachte ich, der Ventilator brummte, und die Nacht war stickig.

Morgen wollte ich Willy deVille zeichnen und übermorgen malen.

Und es konnte dann ruhig der heißeste Tag des Jahres sein.

Schade, dass Sie nicht dabei waren, als ich Willy deVille gemalt habe, würde ich im Herbst sagen können.

Aber wie auch immer, das Willy deVille Bild war dann da und der Sommer vorbei.

Kann man denn von der Kunst wirklich leben? würde er wieder anfangen.

Aber selbstverständlich, würde ich sagen, *denn Kunst ist ein Lebensmittel.*

Mein Gesprächspartner wurde unkonzentriert.

Ich hatte einige Artikel von ihm gelesen, er schrieb ausgezeichnet, aber mit der Kunst taten sich die Leute bisweilen schwer.

Mir ging es mit anderen Themen so. Themen, die mein Gegenüber drauf hatte. Lateinamerika und so weiter.

Kennen Sie eigentlich Sabbaths Theater von Philip Roth?

Schon mal gehört, aber das wäre jetzt ein ganz anderes Thema.

Da haben Sie Recht.

Aber wie kommen Sie jetzt darauf?

Weil alles dahin gehen könnte.

Wohin?

Dass ein alter Mann am Grab seiner Geliebten onaniert, sowie es Roth beschreibt in einem der dunkelsten Romane, den ich je gelesen habe. Dass man alle überlebt. Und dass es keine Hoffnung mehr gibt.

Keine Hoffnung?

Weil das Leben einfach vorbei ist.

Aber das ist doch nur Literatur.

Sagen Sie das nicht.

Pulitzer Preis!, rief er aus.

So ist es.

Dann sahen wir beide das nackte Modell mit leeren Augen an.

Nur Mut, sagte ich dem Herrn, *Sie sind ja noch jung.*

Das Leben hält viele Überraschungen bereit, sagte er unsicher.

Das will ich meinen, sagte ich und drehte mir eine Zigarette.

Katharina

Als ich heute in einem Buch über Arnulf Rainer blätterte, und zwar in den übermalten Büchern, fand ich zwischen *Topographica Anatomy of the brain* 1986, Tafel IV von Band I und gleichnamigem Titel, Tafel IV von Band III zwei zerkratzte und mit schwarzer Chinatusche eingerahmte Fotos, die mir Bruno vor etwa dreizehn Jahren geschenkt hatte. Zerkratzt war vielleicht der falsche Ausdruck, Bruno hielt Farbfotos unter Wasser und holte mit dem Stiel des Pinsels ganz eigenartig kostbare Farbtöne aus den Fotos heraus. Ironischerweise waren es hier strahlende Goldtöne.

Da war sie: Katharina aus Melitopol in der Ukraine.

Bruno, mein Freund aus der Akademiezeit war in eine Vereinsamung gerutscht, die zum damaligen Zeitpunkt kaum mehr zu steigern war. Und wie viele vereinsamte Menschen bestätigen würden, konnten einem plötzlich die absonderlichsten Wege völlig normal erscheinen.

Ich traf mich mit Bruno etwa einmal die Woche, und als wir uns wieder trafen, zog er ein Polaroid Foto aus der Tasche.

Ich sah ein blondes Mädchen, sehr jung, halblange Haare, eine abgeschabte Akustikgitarre vor der Brust.

>>Das ist Katharina<<, sagte Bruno schwärmerisch, >>ich habe eine Anzeige gelesen und ihr geschrieben.<<

Ich fragte nicht, wo er die Anzeige gelesen hatte.

>>Sie scheint ein ganz normales, bescheidenes Mädchen zu sein, sieh mal die Gitarre allein, eins von den Mädchen die es gab, als ich noch ein paar Jahre jünger war<<, sagte Bruno. Er war jetzt Mitte dreißig, und dieses Mädchen war neunzehn.

>>Sieh mal, was sie schreibt<<, er reichte mir einen Brief, der aussah, als sei er schon etliche Male gelesen worden.

Dear Bruno,

I'm a sociable and cheery person. I don't like loneliness and I prefer to spend time in the circle of my friends and relatives. I like to meet new people. I'm a goal-oriented person and I never stop on the way to my dreams. I love the nature and sport; I like the flowers and trees, mountains and forests, I prefer to communicate with easy-going and clever people, I love the children and want to have my own. I support the active way of life and I have an interesting life. I think that only love can make our soul bloom like a beautiful flower. People should love so strongly and faithfully as if our hearts never knew pain. I can't wait the time when I meet my special man, honest, kind, cheerful, loving, and we'll be happy together.

If you send me the invitation and money for the ticket, we will meet soon.

Kisses!

Katharina.

>>Du wirst ihr doch wohl kein Geld schicken?<<

>>Doch, ist schon geschehen - mit Western Union.<<

>>Und wenn sie nur das Geld nimmt und gar nicht vor hat zu kommen?<<

>>Du musst nicht immer so schwarz sehen, natürlich wird sie kommen, schreibt sie doch.<<

An diesem Nachmittag machten wir wieder gemeinsam Musik. Brunos Gitarrensammlung war auf über zehn Instrumente angewachsen, und seine große Wohnung glich einem Aufnahmestudio.

Zwei Monate später kam Katharina tatsächlich.

Bruno rief mich am Abend ihrer Ankunft kurz an:

>>Sie ist da, Mike, aber sie sieht völlig anders aus als auf dem Foto. Sie ist total aufgetakelt, ich glaube, ihre langen Haare sind eine Perücke, der ganze Flughafen starrte uns hinterher, und sie ist ziemlich kühl, na ja,

eigentlich wollte ich dir nur sagen, dass sie tatsächlich da ist.<<

Dann hörte ich mehrere Tage nichts von Bruno.

Ich fuhr ihn einfach besuchen.

Bruno öffnete die Tür und war stark betrunken. Er stellte mich Katharina vor, die mich kaum ansah. Halbnackt lag sie auf dem Sofa, auf dem Tisch lauter Flaschen. Es war gerade mal fünf Uhr nachmittags.

Bruno erzählte irgendwelche Dinge in einem schaurigen Englisch, und Katharina schien nicht nur abwesend, sie wirkte auf mich feindselig und kalt wie Stein.

>>Sag mal Bruno, was ist denn los?<< sagte ich mitfühlend.

>>Es funktioniert nicht, es geht daneben, sie verachtet mich, aber ich weiß nicht, warum eigentlich. Direkt am ersten Abend sind wir übereinander her gefallen, aber es entsteht trotzdem nichts, sie ist wie ein Roboter, der auf Frau macht. So etwas ist mir noch nie passiert. Sie muss mich ja nicht mögen, solche Dinge kann man eben nicht steuern, aber sie hasst mich geradezu, ich spüre das. Kannst du dir das vorstellen, ich bin vor lauter Aufregung am ersten Abend so besoffen, dass ich kurz weg bin, und als ich wieder zu mir komme, sitzt sie nackt auf mir, und wir treiben es wie verrückt. Dann irgendwann sind wir pennen gegangen, ich träume also, ich bin auf dem Klo, stehe aber in Wirklichkeit im Schlafzimmer und pisse in die Gardinen. Da sagt sie, mir sei nicht mehr zu helfen und nimmt im selben Moment ihre Perücke ab. Ich sagte ihr, wem ist hier nicht mehr zu helfen? Sie hat ganz kurze Haare, warum der Scheiß mit der Perücke? Was machst du denn so beruflich? frage ich, da sagt sie, sie studiert Jura und arbeitet als Masseuse, also für mich ergibt das keinen Sinn. Meine Bilder findet sie auch zum Kotzen, fängt mit Michelangelo an, ich sag ihr noch ne Nummer kleiner hast du es wohl

auch nicht, sie aber bleibt dabei und sieht meine Bilder an, als müsse sie Toiletten putzen.<<

>>Beende das doch einfach<<, sagte ich.

>>Nein, wir können den Rückflug nicht umbuchen.<<

>>Das heißt, sie ist hier noch eine ganze Woche, obwohl es gar keine Sinn ergibt und die Sache keinerlei Aussicht auf etwas Gutes hat?<<

>>Ja, ja, aber Vorsicht, ich vermute, sie kann etwas Deutsch<<, sagte mein armer Freund mit irrem Blick.

Katharina lackierte ihre Nägel.

Zwei Tage später rief mich Bruno an:

>>Sie duscht gerade, ich kann reden, Mike, also, ich bin fertig, ich habe alles versucht, die schönsten Restaurants, Stadtbummel, Kino, Konzert, sie bleibt kalt und zeigt an nichts Interesse. Sie trinkt mich unter den Tisch, und während ich besoffen werde, bleibt sie fast nüchtern. Ich habe versucht, mit ihr zu reden, es kommt nichts dabei herum. Sie kann aber ganz gut Gitarre spielen, stell' dir vor, sie singt alte russische Lieder zur E-Gitarre. Hat eine schöne Stimme. Gestern habe ich einige Fotos von ihr gemacht, wenn die Kamera da ist, schaut sie ganz verliebt hinein, taucht mein Gesicht aber wieder auf, schaut sie durch mich hindurch. Ich bin völlig verzweifelt.<<

>>Kannst du sie nicht in das nächste Flugzeug setzen? Dann bezahl eben ein neues Ticket.<<

>>Tja, mal sehen, vielleicht gibt's doch noch eine Wende, vielleicht ist sie nur schüchtern oder unglücklich.<<

>>Und was ist mit deinem Unglück?<<

>>Ja, schon, aber...<<

>>Und wie ist es sonst so?<<

>>Du meinst den Sex?<<

>>Hm.<<

>>Jeden Tag, immer, die ganze Zeit, aber ohne Gefühl weißt du, so besoffen kann ich gar nicht sein, um das nicht zu merken. Vollkommen ohne jedes Gefühl.

Als sie schlief, hab ich mal in ihren Sachen gewühlt, in ihrem Koffer waren meine ganzen Briefe, ist das nicht irre? Meine Briefe wie Belege, dann so etwas wie Mitbringsel. Ich hatte ja angedeutet, sie meinen Eltern vorzustellen. Aber das kann ich nicht, was für ein Irrsinn. Das sieht ja ein Blinder, dass ich sie nur nerve. Gestern wollte sie sich mit jeder einzelnen Gitarre aus meiner Sammlung fotografieren lassen, das tat ich dann gerne, ich dachte, jetzt bricht das Eis. Und dann machte ich noch Aktfotos, sie sieht ja unglaublich gut aus, aber danach war alles wie immer: trinken, Sex, trinken und Unsinn reden, meistens rede sowieso nur ich.<<

Als Katharina abflog, rief mich Bruno erleichtert an: >>Gott sei Dank ist der Spuk vorbei. Als wir morgens im Flughafen waren, trank sie noch ein großes Bier fast auf ex, gab mir die Hand, sah mich kaum an und sagte: *Auf Wiedersehen.* Auf Deutsch. Hat sich nicht umgedreht und rauschte wie eine schräge Diva zum Schalter. Ich komm mir vielleicht blöde vor.<<

Wir scherzten noch und lachten, aber die Stimmung war dennoch traurig. Nicht nur Brunos Stimmung war düster, meine im Grunde auch.

Bruno trank in den nächsten Monaten so stark, dass ich mir große Sorgen machte. Er ließ sich gehen, verwahrloste. Ich war ratlos und besuchte ihn seltener, obwohl ich am liebsten jeden Tag gekommen wäre.

Dann schrieb er mir einen Brief.

Hallo Mike, ich habe Leute kennen gelernt, mit denen ich Musik machen kann, Afrikaner, coole Leute, glaub mir. Ich habe meine Wohnung aufgegeben. Werd wohl viel unterwegs sein. Hab noch keine neue Adresse. Melde mich aber bald bei dir. Bruno

Erst nach zwei Jahren hörte ich wieder von ihm. Er hatte mir eine Mail geschrieben:

Hi Mike, damals war echt mein Tiefpunkt, heute geht es mir sehr viel besser. Ich mache nur noch Musik und male eigentlich gar nicht mehr. Im Anhang sind ein paar Fotos und ein Link zu einem Clip unserer Band. Wir arbeiten gerade an einer experimentellen Rockoper.

Ich sah mir den Clip an.

Bruno hatte sich also endlich die zweihalsige Gibson, von der er immer geschwärmt hatte, zugelegt. Die afrikanische Gruppe war sehr stark und die Musik fantastisch, Bruno war der einzige Weiße in der Band.

Dann betrachtete ich die Fotos im Anhang, alles Bühnenfotos bis auf eines, ein Foto, das Bruno mit einer Frau zeigte. Mir stockte der Atem. Wie war das möglich? Die Frau ähnelte Katharina unglaublich. Es konnte nicht sein nach all den Jahren. Aber war sie es am Ende?

Ich mailte zurück:

Nur eine Frage auf die Schnelle: das ist doch wohl nicht Katharina?

Zwei Tage später schrieb Bruno:

Nein, nein, das ist Marija. Sie kommt aus Sankt Petersburg. Sie ist das völlige Gegenteil von Katharina, obwohl sie genauso viel trinkt und dieselben Lieder zur Gitarre singt, sie ist zwar auch blond und jetzt so alt, wie Katharina damals war, aber, glaub mir, sie ist ganz anders, sie ist absolut großartig. Und sie trägt keine Perücke.

Ich betrachtete das Foto erneut: für mich war es Katharina. Ich war sehr durcheinander.

Heute Abend sah ich Brunos Fotoübermalungen nach so langer Zeit, und sie verstörten mich mehr als je zuvor.

Dann nahm ich wieder das Buch über Arnulf Rainer in die Hand und stellte fest, dass jede Übermalung ein wirkliches Meisterwerk war, vor allem *Der junge Rembrandt mit Fliegenglorie* von 1980.

Brunos zwei Katharinas, Gold und China Tusche, waren es auch: kleine Meisterwerke.

Ich studierte Katharinas nackten Körper: er wirkte perfekt, zu perfekt.

Mir kam der Gedanke, dass Katharina ein Zombie aus einem russischen Versuchslabor war.

Dann betrachtete ich Rainers *Van Gogh als schwarzer Irokese* von 1979, schlug das Buch zu und ging mit meinem Hund spazieren.

Bruno ging es wieder besser, und das war die Hauptsache, dachte ich.

Marija konnte ja nicht Katharina sein, schon wegen des Alters nicht. Unmöglich.

Ich erinnerte mich an Katharinas kalten Blick und war mir auf einmal nicht mehr so sicher, was möglich war und was nicht.

Mir ging es plötzlich nicht mehr gut.

Ich sollte mich nicht mehr so häufig mit Arnulf Rainer beschäftigen, dachte ich.

Und mit Zombies schon mal gar nicht.

Mit Übermalungen ja, mit Zombies nein.

Von Ausnahmen einmal abgesehen.